いつも馬鹿にしてくる美少女たちと絶縁したら、実は俺のことが大好きだったようだ。

歩く魚

講談社ラノベ文庫

口絵・本文イラスト／いがやん
デザイン／おおの蛍（ムシカゴグラフィクス）

プロローグ

高校一年生の冬、雨の降る日の放課後。

俺、宮本優太《みやもとゆうた》は、彼女である浅川由美《あさかわゆみ》に呼び出されていた。

俺たちは付き合っているのだし、そもそも二人は幼馴染《おさななじみ》だ。

家も近いんだし、何も、校舎裏に呼び出さなくたっていいのにな。

どんな用件だろうと不思議に思いながら目的地にたどり着くと、すでにユミは到着していた。

しかし、彼女は傘を忘れてしまったようで、美しく真っ直《まっす》ぐな黒髪からは、微《かす》かに雫《しずく》が落ちている。

ユミが風邪をひいてしまったら大変だ、俺はユミのもとへ駆け寄ると、自分の持つ傘に彼女をしまいこんだ。

何か思い悩んでいるのだろうか、傘が雨をさえぎって初めて、彼女はようやく俺に気が付いたようだった。

切れ長の美しい目は、俺を見つけるとその鋭さを少し抑え、目元に愛らしさをたたえていた。

彼女はいつも俺に寄り添って、道を違えないよう支えてくれる。

俺たちは、互いにかけがえのない存在なのだ。

ユミがいてくれるなら俺の毎日は薔薇色《ばらいろ》だし、今日の凍《い》てつくような寒さですら、まったく気にならない。

「……」

だが、彼女は違う気持ちなのだろうか、黙りこくって一向に口を開かないどころか、先ほどまでの柔らかい表情さえも固まってしまっているようだった。

そして、意を決したように口を開いたユミから告げられた言葉で、俺の心も雨空に引き戻されることとなる。

「ごめん、別れたい」

「……え？」

一瞬、話が理解できずに思考が停止する。

二秒ほど経《た》って、心臓が強く締め付けられる感覚。

散乱した記憶をどうにかかき集めても、俺たちの間に亀裂が入るような出来事は何も思い浮かばない。

「……どうして？」

その返答を聞いて、彼女の瞳はさらに鋭さを増す。

「撮影で一緒になった俳優さんと付き合うことにしたんだ。彼はユウと違って面白いし、一緒にいて安心するの」

……そうか、一つだけ心当たりがあった。

彼女を信じていたがゆえに、心の奥底に沈めていた記憶が。

「……もしかして、先月腕組んでたかっこいい男の人？」

その瞬間、ユミの凜《りん》とした顔に動揺が走る。

「な、なんでそれを知ってるの？」

「……たまたま本屋に行こうとしたとき、男の人と腕組んでるユミの姿が目に入ったんだ。そのときは見間違いかと思ったんだけどね」

そう、彼女を信じていたがゆえに、過去の俺は見間違いだと思うことにしたのだ。

もしくは、他人の空似だと。

しかし、俺を待ち受けていた現実は残酷だった。

「……そうだよ。その人と付き合うことにしたの」

非情な言葉の弾丸に心臓を貫かれ、心の底から、言いようのない悔しさと絶望がこみあげてくる。

それも当然だろう。俺とユミが何年もかけて築き上げてきた関係が、突然現れた第三者に、あっけなく崩されてしまったのだから。

しかし……。

「分かった。今までありがとう」

「……えっ？　ユウはそれでいいの？　怒ろうと思わないの？」

自分のほうから関係の解消を申し出たというのに、なぜ彼女は聞き返すのだろう。

「俺の魅力が足りなかったんだ、怒ることなんてないよ。安心して、このことは誰にも言わないから。それじゃあ、お幸せに」

もちろん本心だ。

俺がもっとユミに優しくできなかったから、だから彼女は離れていってしまったのだろう。

ならば、その責任は俺にある。

俺は最後に、彼女が罪悪感にさいなまれないように笑顔を向けると、傘を渡して帰ることにした。

……もっと、優しくあらねば。

失恋によって心に受けた傷は、人間不信という形で俺にのしかかっていた。

それから何ヵ月かの時が経ち、上を見上げれば桜の花びらが舞い落ちてくる季節になっていた。

　あれから月日は過ぎていき、あのときの悲しみも癒えたように思えたが、しかし俺の心の中にはモヤモヤとした気持ちが隠れているようだ。

「せんぱ〜〜い!!」

　学校帰りの憂鬱な背中に、明るく弾んだ声とどすんとした感触。

　若干よろけながらも、俺は後ろへ振り返る。

「あぁ、お疲れ」

「今日も辛気臭い顔してますねぇ。そんなんじゃ彼女どころか友達もできませんよ？」

　突然後方からぶつかってきたこの子は、後輩の、黒咲茜《くろさきあかね》である。

　といっても、俺は部活に入っているわけでもなく、偶然知り合ってからの仲なのだが。

　彼女は今日も挑発的な態度で俺を揶揄《からか》ってくるが、こんな一面を持っていても、年相応の無邪気さと美しく整った顔から男子の人気は高い。

　スタイルの良さも、それに一役買っているだろう。

「な、なにジロジロ見てるんですか？　私にワンチャンあるかもとか、思わないでくださいね！」

「はは……ごめんごめん」

　別にまじまじと見つめていたつもりはないのだが、やはり女子はそういうのに敏感なのだろうか？

申し訳なさそうに視線をそらした俺に、黒咲は少しイラッとした様子で言葉を続ける。

「先輩はいっつも謝ってばっかりですね。そんなんじゃ、グズとかゴミとか言われちゃいますよ」

「うん……ごめんな」

そう言われて、またしても謝ってしまった。

もはや癖になっているのだろうか。それは、いったいいつからだったか。

「一緒にいる私が困るんですから、気をつけてくださいね！」

「……分かった。気をつけるよ」

辛《つら》い過去を忘れようと、一時は良好な関係が築けていると思っていた彼女にさえ、気づけば俺は酷《ひど》い言葉を浴びせられていた。

それはやはり、俺の努力が不足しているからだろう。

まだ足りない。解決策は見つからないのに、自分の心がすり減っているという感触だけが残っていた。

第一章　今との決別、新しい自分

1

「あははっ！　優太《ゆうた》君ってほんとに奴隷みたいだよねぇ。話してて全然楽しくないんだけど」

よどみなく発せられた、心底人を馬鹿にしたような声。引き攣《ひ》った笑みが視界に入る。

さて問題、俺はいったい何処《どこ》で誰に罵倒されているでしょうか。

シンキングタイム、スタート。


正解は、「メイドカフェで推しのルリちゃんに罵倒されている」でした～。みんなは正解できたかな？

正解しても、特に賞品とかはないんだが。

そもそも、なんで金を払ってメイドさんとコミュニケーションをとっているのに、こんなにボコボコに言われるハメに？

変態的思考を持ち合わせていない人間であればそう思うところだが、今の俺は、ただ一つの言葉に気を取られていた。

「奴隷みたい」

その言葉は幽霊のように俺の心の中にスルッと入り込んで、次の瞬間には身体《からだ》中に染み渡っていた。

大切なことに気付いたような、自分のことを理解できたような、そんな感覚。

次の瞬間には、驚くほど冷静に自分のことを分析できるようになっていた。

自分が他人にどう見られているのかを。

思い返せば俺は、いつも誰かに軽く見られ、虐げられていた。過去も現在も、きっと未来も。

一年前に初めてできた彼女には浮気され、捨てられた。

後輩にはいつも揶揄《からか》われ、ご存知の通り推しには現在進行形で罵倒されている。

世界は薔薇《ば》《ら》色《いろ》に包まれている。なんて言ったアホがいるようだが、俺から見える世界は灰色一色だ。誰からも愛されず、必要とされない不燃ゴミだ。

そんな不要物の名前は宮本《みやもと》優太。優太という名前は、今は亡き両親が、優しい子に育つようにと付けてくれたものだ。

両親は事故で他界してしまったが、その想《おも》いは俺の胸にしっかりと刻まれている。

だから俺は常に笑顔を忘れず、相手を否定せず、気分良く過ごしてもらえるように必死に努力してきた。それが優しさだと思っていたからだ。

……だが、もう疲れた。

俺はいつまで優しくあらねばならないのだろう。

自分を無下にする人間のことを、心を削ってまで肯定する必要はあるのだろうか。

何をされても怒らず、反撃もせずに受け入れていた俺は、ルリちゃんの言う通り正真正銘の奴隷だった。

だが気付けたんだ、今の自分が異常だってことに。

もう、このままの俺でいたくないんだ。

これからの俺は、自分を大切にしてくれる人だけを大切にする。自分の思ったことを素直に伝える。

たとえ自分を貫くことでみずからを苦しめることになったとしても、我慢して苦しむよりよっぽどマシだ。

「ねえ聞いてる？　耳が聞こえなくなっちゃった？」

「うるさいよ、アホ面しやがって」

「…………えっ？」

覚悟を決めた途端、今まで言えなかった言葉がすらすらと口を通っていく。

目の前では、俺の推しメイドであるルリちゃんが目を丸くして驚いている。

真っ青に染めた長い髪を揺らしながら、大きな垂れ目が俺を見つめていた。

見下していた人間に突然言い返されたことがショックだったのか、薄い唇がぷるぷると震え、せっかくの整った顔が歪《ゆが》んでいる。

ルリちゃんはこの店の人気キャストだ。

紺と白のメイド服をこれでもかというくらい自然に着こなしていて、振《ふ》り撒《ま》く笑顔は太陽のように輝いている。

そんな姿に惹《ひ》かれ彼女を推す客は少なくないし、俺もそうだった。

でも、もう彼女のことを無心で推していた自分は死んだ。

店に通い始めた頃の彼女は優しかったが、いつしか人が変わったように俺のことを罵倒しだした。

顔をしかめたくなるようなキツい言葉も、妄信的に彼女を崇拝していたときには気にならなかったが、今は沸々と湧き上がる怒りを感じている。

「話してて楽しくない？　それはお前が人との会話を盛り上げようとしないからだよ。俺と同い年だったとしても、金をもらってるんだし、会話を盛り上げようとするのは仕事じゃないのか？　そんなに会話が退屈なら、もうこの店には来ないから安心してくれ。今まであありがとう、さようなら」

「えっ？　待って意味が分からない、なんでそんなに怒ってるの？　いつも笑ってたじゃん！」

「今まではな。お前が言う通り奴隷だったんだよ俺は。でも、もうそれはやめだ。これからは自由に、好きなように生きていくんだ」

金をテーブルの上に置き、荷物をまとめ、状況がつかめていない馬鹿を放置してエレベーターに乗る。

本来ならば会計を済ませるためにキャストに確認してもらう必要があるが、だいぶ多めに置いてきたから許されるだろう。授業料というやつだ。

「ねぇ待って！　何がそんなに気に障ったのか教えて！　謝るから！　ねえ！」

何か言っている声が聞こえるが、エレベーターの扉に阻まれてよく聞こえない。大方、勝手に帰ろうとした俺への罵倒だろう。

いつもそうだ、あいつは俺が帰ろうとすると不機嫌になる。きっと金蔓《かねづる》がいなくなるのが嫌なのだろう。いったい俺からいくら毟《むし》り取《と》るつもりなのか。

だが、そんな不毛な毎日も終わりだ。これからは自分のために金を使おう。服を買っ

て、髪を切って、新しいスタートを切るんだ。

ビルの外に出ると、街には仄《ほの》かに夜の闇が近づきつつあった。

雲一つない空、落ちる夕陽《ゆうひ》はまるで過去の自分のようだ。

なんて綺麗《きれい》な眺めなんだろう。

当たり前のことに、普段、下ばかり見ていたせいでまったく気が付かなかった。

大きく息を吸い込み、新鮮な空気で肺を満たす。身体中の細胞が活性化し、活力が溢《あふ》れ出《で》てくる。

「俺は自由になったんだ」

そう呟《つぶや》くと、言いようのない解放感が、喜びが胸の奥から湧き上がってくる。

高校二年生、明日からは夏休みだ。

約一ヵ月の貴重な時間を無駄にするわけにはいかない。やりたいことがたくさんある。

なんで今まで考えつかなかったんだろう。

気付けば、世界は色付いていた。

これからもっと鮮やかになっていくだろう。

足取りは軽く、人生で一番の幸福感を感じながら、俺は家路についた。

帰宅した俺は早速自室へこもり、スマートフォンとパソコンの両方を使って情報を集めることにした。

何から手を付けようかと思い、まずは自分自身の見た目を確認する。

目を隠すくらいに伸び切った前髪に、垢抜《あかぬ》けない中学生のような私服。顔には覇気がなく、猫背なのが相まって実際よりも背が低く見えてしまう。

何もかもがもっさりしていて、パッと鏡を見ただけでも、今の自分には直すべきところが山ほど見つかった。

他人を下に見るのは許されることではないが、舐《な》められるような格好をしている俺にも問題はあるだろう。

悪いところを一つずつなくしていって、まずは平均的な男子高校生を目指すことにした。

というわけで、夏休みの自由な時間をできるだけ実のあるものにするべく、『宮本優太改造計画』を実施する。

最初に、このボサボサで清潔感の感じられない長髪をどうにかしよう。

長い前髪は安心感を与えてくれるが、他人からは表情が読み取れないという欠点もある。

それに、今後服の試着をするときに、この顔まわりでは似合っているものも不釣り合いに感じてしまうからだ。

そうと決まればやることは一つ。

俺はスマホの検索アプリを開き、『池袋駅　メンズ　美容院』で検索をする。

すぐに検索結果が表示され、その中でも上位にある、近くの美容院の情報がまとめられたサイトを見ることにした。

ふむ。前まで通っていた散髪屋よりも値段は張るものの、その内装や雰囲気は遥《はる》かに洒落《しゃれ》ていて、ここに行けば自分でもかっこよくしてもらえるかもしれないと期待を抱いてしまうほどだ。

小一時間いろいろなサイトを見て考えた結果、家からは少し遠いものの、客に合わせた幅広いスタイリングが自慢の店に行くと決めた。

迷わず予約画面に飛び、メニューを選ぶ。

うちの高校は校則が緩いため、髪を染めても何も言われないが、いきなりぶっ飛んだイメチェンをするのは違うと思う。

とりあえずはヘアカットと、後はこの眉毛カットも選んでおこう。

眉毛を自分でどうこうした経験がないので分からないが、お洒落に気を使う男子は眉のケアも怠らないらしく、真似《まね》からでも始めてみることにした。

メニューを決めたら、スタイリストさんを選ぶ画面に移った。誰が上手《うま》くて誰が下手かの判断ができないし、初回はお任せでもいいだろう。

そのまま次の画面へ移動する。幸いなことに、明日の昼の予約が空いていた。

思い立ったが吉日という言葉もあるように、予約するのもできるだけ早いほうがいいだろう。

行動を先送りにするばかりでは、いつまで経《た》っても改善は見込めない。

残りの情報を入力して、予約ボタンを押す。

何はともあれ、これで予約が確定した。

分からないことは明日美容師さんに聞くとして、今日はまだ時間がある。

他にもたくさん調べ物ができそうだ。

大変な夏休みになるぞ。


翌日。

「うーん……。入りにくい」

予約三十分前には美容院の前に到着していたのだが、情けないことに店の雰囲気に圧倒され、気付けば後五分で時刻ぴったりになってしまう。

まさか美容院に入ることすら、こんなにも覚悟がいるなんて。

白を基調とした清潔感のある外観、大きくガラス張りされた入り口からは、店内の洗練された様子を余すところなく確認できる。

対する俺はできる限りマシな格好をしてきたつもりだが、それでもこの店に相応《ふさわ》しい人間になれているとは微塵《みじん》も思えない。

こんなキラキラした空間に入ったら、日陰者の俺など一瞬で灰になって吹き飛ばされてしまいそうだ。

そもそも入り口に陰キャ対策のバリアが張り巡らされていて、入店すら叶《かな》わない可能性もある。

……だめだ、このままだと髪を切るだけで夏休みが終わってしまう。死んだら死んだでそのときだ、俺の勇姿が後世まで語り継がれることを期待して、挑戦するしかない。

震える足と、地面に穴が空きそうなほど重い身体を無理やり動かし、神々しくそびえる新天地へと足を踏み出した——。

「わぁ、すごくお似合いですよ！　もはや種族が変わって、メタモルフォーゼって感じです～！」

「……誰だこれ」

なかば白目を剝《む》きながら店内に入り一時間が経過し、俺の目の前には見たことがない男子高校生が座っていた。

爆弾低気圧のように重苦しかった前髪は眉にかかるくらいに、サイドは耳の中間ほどまでに切られ、若干長さにバラツキを出すことで立体的に感じられるように調整されている。

丁寧に揃《そろ》えられた眉は凜《りん》とした印象を与え、お世辞抜きにかなりの好青年に見える。

しかし、なぜか彼は怪訝《けげん》そうな顔をしており、自分の目の前にいる人間の正体を探ろうとしているようだった。

……ということは、こいつは俺か。

まさか、原始時代からタイムスリップしてきて初めて鏡で自分の姿を見た人間が発しそうな台詞《せりふ》を言うときが来るとは。

スルーしていたが、担当してくれた女性の美容師さんも若干失礼な褒め言葉を送ってくれていたし、そのくらい見違えたということだろう。

「こんなかっこよくなるなんて、ちゃんとお洒落しないともったいないですよ～！」

「本当にありがとうございます。自分じゃないみたいでびっくりしました」

美容師さんは櫛《くし》をくるくると回転させながら得意げな様子だ。

最初、俺の担当をすると決まったときには引いているように見えたが、段々と機嫌が良くなっていき、今は満足げに語っている。

「でも、どうして突然美容院に来ようと思ったんですか？」

失礼な質問かもしれないが、彼女なりに話題を盛り上げようとしてくれているのが伝わる。

日陰者代表のような俺が勇気を出して店に来るなんて、それ相応の理由があると思ったのだろう。

だから俺も正直に、自分が変わろうと思ったきっかけを話すことにした。

「え、それは周りの方みんな酷《ひど》いと思います！　ちょっと距離おいたほうがいいんじゃ……」

「やっぱりそうですよね。だから夏休み中に変わって、ガツンと言ってやろうと思ってるんです」

「そうしましょう！　何か私にお手伝いできることがあれば聞いてください！」

おそらく社交辞令だろうが、せっかく美容師さんからありがたい申し出を受けたので、最近のメンズの服はどのようなものがオススメなのかを聞いてみることにした。

すると、今の流行と共に良《い》い情報収集法を教えてもらったので、帰宅してからそれを試そうと思う。

ありがとう、ほどほどに失礼な美容師さん。

マイナスの面が気にならないほど彼女には助けられてしまい、勇気を出して店に飛び込んでみて良かったと心から感謝する。

髪が伸びたらまた彼女にカットをお願いしようと思いながら、新しい自分と共に退店するのだった。

先週、見違えるような素晴らしい頭部を手に入れた俺はそこで満足せず、何日もの時間をかけて洋服についてのリサーチを行っていたのだ。

美容師さんが教えてくれた「huku」という、全国のお洒落さんたちがみずからのコーデを投稿するサイトには、数えきれないほどの学びがあった。

まず、自分の好みの服装を十個ほど見つけ出した俺は、その後それぞれの服のブランドと値段、近場に店があるのかを調べ、紙に書き出してみる。

そのうち値段が安く、場所も近く、汎用性の高い服を置く店を探して、実際に買いに行ってみることにしたのだ。

今の時代、オンラインで服を購入するという手もあるのだが、やはり服を着る際に大切なサイズ感は、実際に身につけてみなければ分からない。

それに、店員さんにアドバイスをもらえばさらに知識がつくと考え、俺は意気揚々と自宅を後にした。

一店目は老若男女、お洒落さんからお母さんにまで幅広い人気のある「ドククロ」だ。「独特の感性の人間にも受け入れられる服」をテーマにデザインされている服の数々は汎用性が高く、今日は無地の黒いTシャツとスラックス、デニムのスキニーパンツを購入しようと思い、実際に問題なく任務を遂行することができた。

だが、問題は二店舗目である。

この店の名前は「rock musician」という。

その名の通り、ロックなデザインの服がウリの店である。

レイヤードなんかも良いが、一枚で着られるお洒落なシャツがほしいと思った俺は、鮮やかな花柄が特徴的なこの店の人気商品を買おうと思いやってきたのだ。

「うーん……。入りにくい」

これでは美容院の再放送である。

しかし、この気持ちも分かってほしい。

ドククロに比べ、こちらの店の服の値段は十倍にも及ぶ。

となると当然、服を買いに来るのも生粋のお洒落好きたちであり、店の外装も凝ったものになっているのだ。

こんなコンクリート打ちっぱなしで、ディスプレイに堂々とギターが飾ってある店なんかに、レベル1のスライム並みの俺が入れるだろうか。

いや、俺は美容院を乗り越えて成長したのだ。

「……今の俺なら入れる。入れる。入れる」

なかば呪文のように自分に暗示をかけ、俺は胸を張り、いかにも普段からこの店に来ていますよというふうを装って入店した。

しかし、そんな俺の姿など見えていないかのように、店内には静寂が広がっている。

一発ギャグがスベったときでも、もう少しザワザワしているだろう。

いらっしゃいませの一言すらないのである。

そうか、店内のこの落ち着きよう、店員さんは客がのんびりと服を見られるように、わざと挨拶をしていないのだ。

よし、それならば俺も安心して物色できるというものだ。

だが、一応常連感は出しておくことにしよう。

今の俺はお洒落さんそのもの、今日も表参道の日差しを浴びて店に来たという設定で——。

「あれ、お兄さん初めていらっしゃいましたか？」

やはり、玄人の目は誤魔化せないということだ。

もうバレてしまったのだ、初心者らしく素直に教えを仰ぐことにした。

「はい、初めてです。服の知識全然ないんですけど、ネットでここの服を見てかっこいいなと思って」

「そうなんですね。お兄さんかっこいいからうちの服似合うと思いますよ。何かお探しのものとかあるんですか？」

「あの、これなんですけど」

お姉さんに、手元のスマホを見せると、彼女はやはりという顔になる。

「あぁ、これですね！　今季一番人気の商品なんですよ」

そう言ってお姉さんは店内を少し歩くと、ラックにかかっている服を手に取り戻ってきた。

「こちらになりますね。色はブルー、レッド、グリーンと三種類ございますが、ブルーでよろしかったでしょうか？」

「はい、大丈夫です」

お目当ての品は、写真で見るより実物のほうが鮮やかで、見ているだけで心が躍るのを感じる。

「サイズは42、44、46とありますが、いかがいたしますか？」

「えっとー、どれがいいですかね……？」

「そうですね、お兄さんであれば44がいいかなと思います。ちょっと大きいほうが、ゆったりとしているしトレンドに合うかと。一度試着してみますか？」

「はい。お願いします」

お姉さんに促され、店内奥の試着室へと入る。

続いて、彼女に服を手渡され、カーテンが閉まる。

そして少しの時間が経ち、外からの確認の後、カーテンが開けられた。

「ど、どうですか？」

「めちゃくちゃお似合いですね！　今の時期はこれ一枚で良いですし、秋冬なんかはコートの下に着ていただければ、それだけで存在感ありますよ」

「じゃあ買おうと思います」

自分で見ても、なかなか似合ってるんじゃないかと思う。

自分が再び以前のように戻ってしまえば服負けして着られなくなりそうだし、これを買えば努力を続けるモチベーションにもなりそうだ。

レジに向かうお姉さんに付いていき、会計を済ませる。

「いや、本当に似合ってましたよ。ぜひまた来てください。こちら、商品になります」

「ありがとうございます。また来ますね」

軽く挨拶を交わして退店する。

これで一コーデ、ないしは二コーデ分の服を購入することができたな。

今後もリサーチを続けて、夏休み明けには変わった自分で登校してやろう。

そうして時は過ぎていき、いよいよ夏休みも終わりだ。

明日から、新学期が始まる。

「なぁ、あれって宮本……だよな？」

「別人みたいにかっこよくなってる！　モデルさんみたい……」

「夏休みデビューってレベルじゃねぇぞ……」

突然だが、俺は自惚《うぬぼ》れ屋ではない。

先月の出来事のおかげで自分のことを客観的に見られるようになったし、元から自己評価は地を這《は》っていた。

だが、そんな俺でも断言することができる。

夏休みの間に、レベルアップしすぎてしまったと。

約一ヵ月の自由な時間を無駄に過ごしたくなかった俺は、毎日をフルに使ってあらゆる努力をした。

美容院に行って髪の毛を今風に切ってもらったり、服についての知識を片っ端から入れ、実際に買いに行ったりもした。また、筋トレを継続することで若干だが筋肉量も増えた。

まったく知識のなかった俺は、それが幸いしてスポンジのように学習していき、ついには陰キャから脱却したというわけだ。見た目だけは。

そんな俺が堂々と現れて、クラスメイトが驚くのは無理もない。

夏休みデビューと言われるのは少しムカつくが、傍《はた》から見たらその通りだろう。

教室の中を見回しても、男子も女子も遠くから騒ぎ立てるばかりで、話しかけてくる勇者はいないようだ。

……ただ一人を除いて。

「あれ、もしかしてユウ？」

俺の後ろから馴《な》れ馴《な》れしく話しかけてきた抑揚の少ないクールな声の主は、浅川由美《あさかわゆみ》。幼馴染《おさななじみ》で、元カノだ。

背中のあたりまで伸ばした美しい黒髪は、日頃のケアの賜物《たまもの》だろう。

その手間に見合うほどの整った顔立ちをしており、切れ長の目やすっと通った鼻筋は同じ日本人とは思えない。

髪をかき上げるだけで、クラスメイトの視線を彼女は独占してしまう。

高校生ながらモデルをしているだけあって、スタイルも同年代女子の中で群を抜いている。というか俺より身長が高い。

これだけ聞くと、この美人の幼馴染という特別な地位にいる俺を羨ましく思うだろう。

しかし、他人がのんきにそんなことを思っていられるのは、こいつが俺のことを捨てやがった最低女だということを知らないからだ。

「浅川か、何か用？」

「それ、夏休みデビューのつもり？　めちゃくちゃ面白いね。見た目だけ変わっても意味なんてないのに」

あくまで冷静に返事をする俺に対し、彼女はいきなり剣で斬りかかってくるような口ぶりだ。

顔面が優れている人間の言葉は重みが増すのか、以前の俺どころかたいていの人間の心を折ることができそうな一撃。

だが、そんな攻撃に対抗するだけの訓練を俺は積んできたのだ。

「確かに見た目は変わったが、それだけだと勝手に決めつけないでもらえるか？　少なくとも内面が終わってるお前よりはマシな成長をしたと思うよ」

「……え？　ユウ……？」

やはり反撃されると思っていなかったのだろう、口を開けて呆《ほう》けたような顔をしていて、せっかくの美人が台無しだ。

今日の俺は一味違う。具体的に言うと、店主の交代に失敗したラーメン屋の味くらい違う。

さっきも言った通り、俺たちは幼馴染だ。

物心ついたときから一緒にいて、中学を卒業したあたりから、互いを異性として意識し始めていたように思う。

そして一年前の春、どちらから告白したというわけではなく、自然な流れで俺たちは付き合い始めることとなった。

この頃、浅川はモデルとしてデビューし、その美貌からメキメキと頭角を現し始めるようになる。

俺はそんな人間の彼氏であるということが誇らしかったが、同時に、自分が彼女の隣に立てる男なのだろうかと疑問に思うようになっていた。

人より優れているところも才能もない俺を、彼女は好きでいてくれるのだろうか。横を向けないほど輝いている浅川に認めてほしくて、彼女が恥ずかしい思いをしなくていいように釣り合う男になりたくて俺は努力したんだ。

今となっては見当違いの道だったが、あのときの自分に分岐点はなかったように思う。

だからあの日、彼女に別れを告げられたときはもちろんショックだった。

相手との未来を考えていたのは俺だけだったからだ。

だけど同時に「当然だ」とも思った。きっと俺の努力が足りなかったんだ。

遠くから見ただけで、影も形も定かではないが、きっとその俳優とやらは、俺よりも遥かに優しい男なのだろう。

だから俺は、そのまま彼女との別れを受け入れることにした。

そうして俺は、潔く身を引いたんだ。浅川が幸せになってくれるならそれでいいと。

しかし彼女は、一週間も経たずに彼氏と別れてしまったらしい。

家族のように通じ合っていた俺を捨ててまで手に入れた相手を、いとも簡単に手放したんだ。

それから、浅川は何事もなかったかのように俺に話しかけてくるようになった。

ただ一つ変わったのは、彼女が俺を馬鹿にするようになったこと。

かつての俺は、それもまた仕方ないことだと、釣り合う男になれなかった自分が悪いのだと笑って済ませていたが、今はもう違う。

浅川は俺を裏切った。その事実だけが消えずに俺の心に根付いている。

彼女は俺の人生には必要ない。

未《いま》だに目の前で動揺し、席につくことすら忘れている様子の浅川に話しかける。

「だいたい、なんで俺に関わってくるんだ？　俺たちはもう幼馴染でもなんでもないのに」

「ち、違う！　そんなことない！」

「何が違うんだ？　浮気して、俺のことを裏切ったのに」

「そ、それは……。ただ、私はユウに――」

「もう俺に話しかけないでくれ。俺はお前のことを赤の他人としか思っていない」

教室が意思を持ったかのようにざわつきだす。

俺は、浅川の芸能活動に支障が出ると考えて、浮気のことはおろか、付き合っていたことも一切口にしていなかったのだ。

過去の出来事とはいえ、彼氏がいたことが知れれば炎上する可能性もある。

だがそんな気遣《きづか》いはとうに消え失せた。彼女がどうなろうと、俺の知ったことではないのだから。

「え、浅川さん浮気してたの？」

「うわ、サイテー……」

「やっぱ美人は性格悪いって本当だったんだな」

「み、みんな……違うの……」

それが心からの非難なのか、それとも選ばれしものに対する嫉妬なのかは分からないが、たいていのクラスメイトは俺の味方をしてくれている。

やはりこれが普通の反応だろう。俺の気持ちは間違っていなかったのだ。

しかし中には、俺の言葉にいぶかしげな表情をしている者もいる。

浅川を崇拝するあまり、現実を見られていないのだ。

しかし、当の本人は、自身を責めるように突き刺さる視線に耐えられなかったのだろう。

浅川は大粒の涙が浮かんだ目でこちらを一瞥《いちべつ》した後、どこかへ駆け出してしまい、授業が始まるまで戻ってくることはなかった。

だが、その口元はどこか笑っているようだった。

……かくして、俺の新しい高校生活が始まる。

これで絶縁したのは二人目。後一人で、俺は本当の意味で生まれ変わることができる。

三人目は放課後にでも会うことができるだろう。

俺は逸《はや》る気持ちを抑えて、授業に臨むのだった。

2

放課後を告げるチャイムが鳴った。

周りの学生たちは皆、今日も面倒な授業から解放されたことを喜び合っている。

彼らと同じように私もその口に笑みをたたえていたが、理由は違っていた。

今日も想い人の顔を見ることができる。その一点が、心拍数を高まらせる。

早く、先輩の顔が見たい。

早く、先輩とお話ししたい。

「茜《あかね》ちゃん、今日一緒にカラオケ行かない？」

「ごめん！　ちょっと用事があって……」

「また例の先輩？　好きだねぇ～」

私が彼に想いを寄せていることは、もはや周知の事実だ。

友達に揶揄われるのは恥ずかしいが、そんなことを気にしていられない。

もちろん友達と遊びに行くのは楽しいが、夏休み明けの今日に限っては、さらに優先すべきことがある。

なんたって一月ぶりに会えるのだから。

ホームルームが終わると、私は急いで教室を出て、先輩を迎えに行く。

歩いているはずが、気付くと小走りになっていた。二段飛ばしして階段を登り、目的の教室目掛けて突き進む。

「優太せんぱ～い！　迎えに来ましたよ！」

しかし、いつもは笑顔で待っていてくれる先輩の席は、もぬけの殻だった。

だいたいの生徒は未だに教室に残っているのだが、彼の姿だけが見えない。

「すみません、優太先輩は今日お休みですか？」

「い、いや……休んではいなかったよ。もう帰ってるんじゃないかな……」

毎日のように先輩に会いに行っている私は、すでにクラスの人間にも認知されているため、すぐに彼の行き先を教えてくれる。

どうやら、先輩は休んでいるわけではないようだ。

でも、普段なら待っていてくれるのに、なぜ私を置いていったんだろう？

もしかしたら体調が悪いのかもしれない。そうだとしたら大変だ。私が看病してあげないと。

行き先を教えてくれた人にお礼を言うと、私は教室を飛び出した。

校舎を出たところで、念願の先輩らしき後ろ姿を発見した。

髪型や姿勢が普段と少し違うが、私にはあれが先輩だと分かる。えっへん、これが愛の力というやつだ。

迷いなく校門へ歩く姿は元気そうで安心した。まったく、心配をかけるんだから。

夏休みの間に送ったメッセージには一通の返事もなかったし、今日はたっぷり、満足するまで構ってもらおう。

そろそろ後ろから眺めているのも限界な私は、たまらず先輩の背後から勢いよく抱きついた。

「せんぱ〜〜〜〜〜〜い！」

「………黒咲《くろさき》か。痛いよ」

首を半分ほどこちらへ向けて、可愛《かわい》い後輩の姿を確認する先輩。

どことなく普段より無愛想に見えるが、それもまたかっこよくて、胸がきゅんと締め付けられる。

「ごめんなさいです！　そんなことより、どうしたんですか⁉　夏休みデビューですか！　彼女ほしくなっちゃったんですか！」

久しぶりに見たから、というわけではないだろう。一月ぶりに会った先輩は、さらにかっこよくなっていた。

姿勢をしゃんと正し、髪の毛をセットしているのも相まって、端整な顔立ちが際立って見える。

前の優しそうな先輩も好きだったが、今の先輩も、容易に私の目を釘付《くぎづ》けにするだけの魅力を秘めていた。

こうして久しぶりに言葉を交わせたのがあまりに嬉《うれ》しくて、彼の返事を待たずに言葉を続けてしまう。

「先輩が夏休みデビューしたところで、彼女なんてできませんよ！　ぷふっ！　そんなに彼女がほしいんですか？　しょうがないなぁ～、先輩がお願いするなら私がなってあげ――」

「…………え？」

「悪いけど黙ってくれ、頭に響く」

3

「…………え？」

マシンガンのように繰り出される言葉は、俺の一声によって粉々に砕かれてしまったようだ。

後に残ったのは静寂と、戸惑う黒咲の顔だけ。

「夏休みデビューだったら何なんだ？　彼女がほしかったら何なんだ？　なぜ俺に彼女ができないと思うんだ？　他人の努力を簡単に笑うなよ」

「……待ってください、先輩……。わ、私……」

状況を理解してきたのか、彼女の額からは汗が垂れ、行き場をなくした手が空中で固まっている。

「何だ？　いつも散々人のことを馬鹿にしてくるくせに、言い返されたら何も言えなくなるのか？　そんなに打たれ弱いんじゃ、人を罵倒する前に自分のメンタルを鍛えたほうがいいと思うぞ」

黒咲の瞳が揺れて、頬が不安の色に染め上げられる。

少々釣り上がった目はキツい印象を与えがちだが、彼女の顔全体が整っているため、むしろ完成された雰囲気を演出していた。

男子の平均ほどの身長である俺と同じ目線と、平均を遥かに超えた大きい胸。

浅川とは違った意味でスタイル抜群の彼女は、男子の友達は少ないものの、基本的に誰にでも分け隔てなく接することもあって一年生の憧れの的だ。

なぜそんな存在と、目立つところもなかった俺が接点を持つことになったのか。

ふと、過去のことを思い返していた。

失恋してからそんなに時間は経っていなかったように思う。

下校中の電車で好きなバンドのMVを見ていた俺に、同じバンドが好きだという理由で声をかけてきたのが黒咲茜だった。

それからコイツは俺に懐いてくるようになり、よく二人でゲーセンに行ったり映画を観《み》るようになった。

しかし、俺が過去に彼女に浮気されて捨てられたという話をしたときを境に、黒咲は俺のことを馬鹿にするようになる。

俺は黒咲を信じつつあった。

彼女は俺のことを見捨てないのではないかと。決して自分を否定しないのではないかと。

だが、現実は違った。俺はまたしても裏切られたのだ。

それでも俺は笑い続けた。自分の努力が足りないからだと。もっと優しくあれば、きっと誰かが俺を理解してくれると思ったからだ。

だから彼女の暴言も受け入れていたが、それも今日までだ。

そんな甘い希望はもう捨てた。意味のない優しさなど無意味だ。

今の黒咲の反応を見るに、魅力が足りないから馬鹿にされてきたわけではないのだろう。彼女ももう、俺の人生には必要ない。

「俺はもうお前の先輩じゃない。気持ちよく罵倒できたら誰でもいいんだろ？　悪いけど、これからは別のやつを探してくれ」

「そんな、馬鹿にしてるつもりなんて……えぐっ、ごめんなざい……先輩……」

「泣けば許してもらえるのか？　なら泣かなかった俺が悪いのか？　そんなの馬鹿げてる。俺はもうついていけない」

ふらつきながら、ゆっくりとこちらへ歩み寄ってくる黒咲から距離をとる。

泣きじゃくる黒咲を見ても、俺の心は一ミリも揺れることはなかった。

「せ、先輩……行かないで……」

その言葉と姿に背を向け、俺は家路についた。


これで、俺を取り巻く主要な人間関係はすべてリセットすることができた。

俺の価値を地に落とそうとする彼女たちと絶縁して、俺は新しいスタートを切ったのだ。

自分を心から愛せるのは自分だけだ。自分を理解し守れるのもまた、自分だけである。

他人のせいで失った自尊心を、これからは取り戻していこう。

なんていい気分なんだ、他人の言葉に左右されないというのは。

気が付くと、外は暗くなっていた。

部屋の窓から空を眺めると、普段はあまり見えないはずの星々が綺麗に瞬《またた》いている。

その中でもひと際煌《きら》めく一等星が、俺を見ていてくれるような気がした。

第二章　黒咲茜《くろさきあかね》の理由

1

翌日。

俺が以前と変わったことで、クラスメイトと俺との間には大きな溝というか、壁ができたようだった。

まぁ、元から特別仲が良かった人間はいないのだが。

しかし、これはチャンスだ。俺に話しかけてくる物好きがいない今、他人をよく観察して友達になりたい人間を探すとしよう。

俺は何も、すべての人間と絶縁したいわけではないのだ。もちろん友達はほしいし、友との青春というやつにも憧れがある。

だが、友達とはどうすれば作れるのだろう。

そもそも、意識して作るものなのか？

思い返せば俺は、いつも相手の機嫌を取ることばかりに気を取られ、心の通った友人というのがいなかった気がする。

高校二年の夏休み明け、すでに校内での友人関係は構築され、ほとんど完成に至っているといえる。その輪に突然異物が入り込むことができるとは思えない。

そう考えると、今の時期から友達を作るのは至難の業かもしれないが、時間はまだまだある。

まずは、授業中にでもゆっくり作戦を練るとするか。

脳内に夢の高校生活を思い浮かべながら、俺は教室の扉を開いた。

「ユウ、おはよ」

「………………」

昨日の涙のせいか、若干目の腫れた浮気女こと浅川《あさかわ》が俺の席に座っていた。

右手を少しだけ上げ、みずからの存在をアピールしている。何だそのラフな挨拶は。

昨日彼女と絶縁したのは、夢や幻ではなかったはずだ。

これが夢ならば、俺の夏休みすべてが妄想の産物であるという説すら出てくる。

そもそも、なぜ彼女は俺の席に座っている？

もしかして、俺と浅川の使用言語は違うのだろうか。

迂闊《うかつ》だった。日本だからといって甘えず、世界の共通語とされている英語を用いるべきだったのだ。

だが、残念ながら俺は英語が得意ではない。

以前道端で外国人に道を尋ねられたとき、あまりに下手な英語だったのか聞き取ってもらえず、けっきょくその人を交番に連れていくことになったのを思い出す。

大変不本意だが、もう一度日本語での意思疎通を図るしか道はないだろう。

夏休みの間に英語を勉強しなかったことが悔やまれる。

「そこは俺の席だ。どいてくれ」

「ユウ、やっと自分の気持ちを話してくれるようになったんだね。でも、流石《さすが》に昨日のは冗談キツいよ。私のことを幼馴染《おさななじみ》だと思ってないだなんて、嘘《うそ》だって分かってても取り乱しちゃった。それに、昔みたいに私のことはユミって——」

「冗談なわけないだろ」

目の前にいるのは本当に同じ人間なのか？

言っている内容がまったく理解できない。

俺が自分の気持ちを話しているのは分かっているのに、それを冗談だと思っている？

「ね、ねぇユウ？　いつまでも怒ったフリしないで？　私も今までのことは謝るけど、それはユウのことを——」

「……謝る？　いまさら何を謝るっていうんだ。お前たちがいつも俺を否定するから、俺の心はもうボロボロだ。ぐちゃぐちゃにした紙を広げて元の形に戻しても、一度ついたシワは消えないんだよ」

取り繕うようにこちらを見上げて言葉を紡いでいるが、彼女の言葉すべてが的外れだ。浅川は他の二人とは違い、浮気して俺を捨てるという行動まで起こしている。今頃謝られたって、砕け散った心は修復できない。

その言葉を聞いて、彼女の表情は凍りついたように固まる。先ほどまでとは違い、俺の言葉はしっかりと届いたようだ。

「そ、そんな……。私の努力は……私はなんのために……」

昨日と同じように、本来なら俺が流しているはずの涙を奪い、浅川は教室を飛び出していった。

しかし、前回と違いその口元は強張《こわば》っていて、何かを認めたくないような、自分のすべてを否定されたような、そんな絶望的な表情をしていた。

けっきょく彼女は授業が始まっても戻ってこず、どうやら早退したみたいだ。

あたりは陰鬱とした空気に包まれていたが、俺の胸にはただ、変わらず自分の思いを伝えられたことと、思いのほか上手《うま》い言い回しができたことによる達成感だけが残っており、清々《すがすが》しい気持ちで一日を過ごしたのだった。

帰宅した俺は怠けるのもほどほどに、すでに日課となっている筋トレを始めることにした。

始めたばかりの頃より、格段に回数をこなせるようになってきている。

取り組んでからはまだ一月ほどなので目に見えるような変化はないが、それでも以前より若干身体《からだ》付きが良くなり、精神的にも余裕が出てきた感じがする。

やはり継続が一番大切で、難しいことなのだろう。

次に俺は、情報収集用に新たに作成したＳＮＳアカウントを開き、秋冬の服のトレンドを調べることにした。

服なんて着られればなんでもいいと思っていたし、今でもそう思うところはあるが、当然かっこいいと思うファッションはある。

好きな服を着たときに、それが似合う男になりたいというのがモチベーションを維持する秘訣《ひけつ》になっているのだ。

前に、安い服を着た顔の優れた人間と、高い服を着た顔の優れていない人間を並べ、互いの服を交換して着させる画像を見たことがあるのだが、結果はどちらも顔の優れた人間が似合っており、安い服であっても、雰囲気がある人間が着れば高級に見えた。

つまり、自分の好きな服を着こなすには、それに見合う雰囲気を身につけなければならないということだ。世知辛い世の中である。

夕食を終わらせた後は、風呂に入る前に眉毛を整える。

別に朝でもいいのだが、毛をはらうのが面倒だし、なんとなく今日は夜のうちにやっておきたい気分だ。

インターネットで「眉毛で人の印象は大きく変わる」という記事を見たときは半信半疑だったが、実際きりっと揃《そろ》えられた眉毛は凛々《りり》しい印象を与えていた。

最初に上手いこと整えてくれた美容師さんには頭が上がらない。若干失礼だったが。

眉の後は指の毛も処理し、やっと入浴タイムだ。

さて、ついに憩いの時間がやってきた。録画しておいたアニメを見るのが密《ひそ》かな楽しみである。

画面では、主人公とヒロインが喧嘩《けんか》していた。

主人公にも非はあったが、ヒロインはそれにかこつけてだいぶ酷《ひど》いことをしている。

しかし最後には、互いの非を認め合って謝罪し、再び良《い》い関係へと戻ることができた。

別に展開が気に食わなかったわけではないのだが、つい停止ボタンを押してしまう。

昔は好きだったラブコメも、最近はあまり魅力を感じなくなってしまったようだ。

きっと、恋愛に対する憧憬が消えたのだろう。

美しく、さぞ幸せなのだろうと思った恋人との生活も終わるときはあっけない。

所詮はその程度、物語の中だからこそ魅力的に感じるのだ。

テレビの向こうの彼のように、自分の思いを素直にぶつけられるようになったのに。なぜか物語の主人公が眩《まぶ》しく見えた。

職人の朝は早い。

朝の六時。目覚まし時計のけたたましい鳴き声が自室に響き渡る。

音量への怒りと共にそれを止めるところから、俺の一日は始まるのだ。

大きな欠伸《あくび》をしながら洗面所へと足を運ぶ。

歯を磨き、顔を洗い、しっかりと意識を覚醒させた後は、リビングで朝食だ。

といっても、食パンを焼いてジャムを塗るだけなのだが。牛乳と一緒に残りを流し込むと、次は弁当作りだ。

昨晩作り置きしておいたおかずと米、それとミニサイズのゼリーを弁当箱に丁寧に詰め、蓋を閉めれば、後は巾着に入れるだけだ。

一旦テーブルの上に置いておき、出発のときにリュックにしまうとしよう。

そんなことをしているうちに、だいぶ時間が押してきているのに気が付いた。

急いで自室に戻り、制服を身に纏《まと》う。ネクタイを締め、リュックを手に取ると、そのまま玄関へ直行し革靴を履く。

「行ってきま〜す」

返事があるわけではないが、この家には両親とのかけがえのない思い出がある。

いつも通りに出発の挨拶をし、いつもより軽快な足取りで家を出た。

今日も天気が良い。まるで、俺の晴れやかな気持ちを表しているようだ。

絶縁を済ませてから迎える朝の気分は格別で、二日目を迎えても、その喜びは未《いま》だに胸の中に留まっている。

これからは好きなことができる。

幼馴染にも、後輩にも、メイドにも罵倒されることのない平和な日々。

もう一生関わることがないであろう彼女たちの記憶は、綺麗《きれい》さっぱり消してしまうことにしよう。

……と、思っていたのだが。

最寄り駅の改札前には、誰かを捜しているように左右に揺れる金のインナーカラーが入った黒髪ボブ。

黒咲茜《くろさきあかね》の姿があった。

すっかり忘れていたが、俺と彼女の最寄り駅は同じなのだ。

しかし、姿が見えたからといって特段行動を起こすわけではない。

俺は迷わず改札へ進む。

一昨日あれだけ言ったんだ、まさか話しかけてくるなんてことは――。

「あ、せ、先輩！　待ってください！」

あったようだ。

別れはもう済ませてあるので、わざわざ話を聞いてやる筋合いはない。

俺を呼ぶ声をシャットアウトし、真っ直《ます》ぐ改札に入る。お、残高777円。

こういうラッキー、気付いたときには嬉《うれ》しい気持ちになるけど、運の総量が減っている気もする。そもそも運に総量はあるのか？

「先輩！　優太《ゆうた》先輩！　あの、待って！」

「……邪魔なんだけど」

今世紀最大の謎を考察しながらホームへの階段を上がる俺の前には、両腕を大きく広げて通せんぼしている元後輩の姿。

しかしその態度とは裏腹に手足は赤ん坊のように震え、俺と目を合わせるのにも恐怖心を感じているようだった。

いまさら会話なんてしたくないが、階段でこんな真似《まね》をされると危険だ。

同じ高校の先輩ということで、俺が注意される可能性もある。

仕方ない、最低限の言葉でお帰り願おう。

「な、なんでメッセージを送ったのに見てくれないんですか……？」

「あぁ、お前のことブロックしてるからな。いらない連絡先は消すだろ」

「そ、そんなぁ………………ぐすっ……」

目の前でその端整な顔を歪《ゆが》め、涙でメイクを台無しにしている彼女を見ても、罪悪感を感じることはない。

当然だろう、そうするように仕向けたのは他でもない彼女なんだから。

夏休みに入り、俺は過去との決別の手始めとして、思い出の品や連絡先をすべて消去した。小さい頃浅川と撮った写真や、付き合っているときにもらったネックレス。元推しとのツーショットチェキもすべて捨て、ＳＮＳも一つ残らず退会した。

唯一、メッセージアプリだけは、今は亡き両親とのやりとりが残っているため消すことができなかった。

だが、その代わりに黒咲たちの連絡先は残さずブロックしたのだ。おかげで、俺の連絡先は痩せこけてしまった。

「なんで泣いてるんだ？」

「それは……えぐっ、先輩が酷いから……」

……俺が酷い？

俺はただ思ったことをして、言っただけだ。それは黒咲も同じはず。散々人のことを馬鹿にしてきて、同じことをしているのになぜ、俺のことを酷いと言うんだろう。

「酷いだと？　お前はずっと同じことを目の前の人間にしていたのに、自分はお咎《とが》めなしなのか？　俺の気持ちを考えたことはあるのか？」

当然の意見を述べた瞬間、黒咲は涙で伏し目がちだった目を大きく開き、何か大切なことを理解したように顔のシワが消え失《う》せていた。

「……そっか。私が……悪かったん……だ……」

「そんなことにも気が付かなかったのか？　考えるなら一人でしてくれ。もう俺に付《つ》き纏《まと》うな。次こういう行為をしたら警察に連絡する」

「………はい」

俯《うつむ》く黒咲の脇を通り、階段を上がっていく。

警察に連絡すると言ったが、おそらく一度待ち伏せされたくらいで警察は動いてくれない。

だが、たとえそれが分かっていても、こう言われて怯《ひる》まない人間は少ない。

困ったときには警察に相談すると言ってみよう、便利なライフハックというやつだ。

町の喧騒《けんそう》に耳を澄ませながらホームでしばし待っていると、時刻通りに電車が到着した。

今朝は珍しいことにあまり混んでおらず、俺は窓際に立つと、もはや動画を見るためだけに使用しているスマートフォンのロックを外す。

流石にもう黒咲の心も折れ、今朝のように突っかかってくることはないだろう。

そんな安心感を胸に、好きなバンドのＭＶを見始めたのだった。

しばらく音楽を楽しんでいると、学校の最寄り駅に着いたようで、同じ制服を着た群れが電車を降りていく。

自分もその一員となって改札を出たところで、間抜けなことに今日の昼飯を家に忘れたことに気が付いた。職人失格である。

……あぁ、急ぎすぎてテーブルの上に置きっぱなしだ。

いまさら後悔してもしょうがない、今日はコンビニで済ませることにしよう。

人の流れから外れ、駅の目の前にあるコンビニに入る。

もはやガッツリ弁当という気分でもなかったので、おにぎりを二つとサラダ、大きめのお茶を購入した。

店を出ると、少し時間が経《た》ったせいか生徒はだいぶ少なくなり、のびのびと通学路を歩くことができた。

2

「酷いだと？　お前はずっと同じことを目の前の人間にしていたのに、自分はお咎めなしなのか？　俺の気持ちを考えたことはあるのか？」

心臓まで凍りついてしまいそうな冷ややかな視線と、何もかも信じられないと、そう告げているかのような声色。

　その言葉を告げられた瞬間、私はいったいどこで間違ってしまったのか理解することができた。


　中三の冬、黒咲茜は先輩と出会った。

　行きたくもない習い事から帰宅する途中の電車内。

　私の毎日は、とても空虚なものだった。

　今後の人生の役に立つとは思えない勉強をして、たいして仲良くもない友達と上辺だけの会話をして、親の外聞のために興味のない習い事をやらされる。

　私の目に映る世界はいつだって灰色だ。

　ただ、唯一音楽を聴いているときだけは、その憂鬱も紛れていた。

　しかし、災難なことに今日はイヤホンを家に忘れてしまった。流石に音を垂れ流しにする勇気はない。

　人間観察でもしよう。

　仕方なく退屈を紛らわすため、つり革に摑まりながら、ふと横に視線を向ける。

　すると、進学予定の高校の男子制服とスマートフォンが目に入り、なんと私の好きなバンドのＭＶが流れていた。

覗《のぞ》き見《み》なんて褒められたことじゃないけど、あまり同じ趣味の人に出会ったことがない私は嬉しくて、持ち主の顔を見上げた。

すごく元気をもらえる曲なのに、私の一番好きな曲なのに。

それを見ている彼の目に、言いようもない深い悲しみが渦巻いているように感じた。

だから、自分でも気付かないうちに、つい声をかけてしまった。いわゆる逆ナンというやつだ。

始まりはこんな感じだったが、そこから私の世界には色が付いていくことになる。

それから数ヵ月が経って、私と優太先輩はたくさんの思い出を積み上げていった。

ゲームセンターでひたすらクレーンゲームをしたり、映画館で新作のアクション映画を観《み》たり、くだらないことも楽しいことも、毎日が充実していた。

でも、彼が楽しそうに笑っていても、やはりその目の中には変わらぬ悲しみを感じる。

いったい過去に何があったのだろう。

いつか、知ることができるだろうか。

新しい春が来て、私は正式に彼の後輩になった。

これでもっと、先輩と一緒にいられる時間が増える。

毎日が楽しくて仕方ない。

いつしかその感情は、友情から愛情へと変わっていた。これが初恋だ。

ある日、先輩は自分の過去を話してくれた。

ご両親を事故で亡くしたこと。

とても辛《つら》かったが、それを支えてくれる彼女ができたこと。

彼女に釣り合うように努力していたこと。でも、浮気されてしまったこと。

できる限り明るく語ってくれているが、胸の痛みが残っているのが伝わってしまう。

そうか、彼は気にしていないふうに装っていても、そのときの出来事がトラウマになっているんだ。

思い出すのも辛いはずの過去を教えてくれたってことは、私に心を開いてくれたのかな。

喜んではいけないと分かっていたが、とても嬉しかった。

その傷を、なんとか私が埋めてあげられないかな。

だけど、突然怖くなった。

私は先輩が好きだ。恥ずかしそうに笑う顔も、時々見せる暗い面も、落ち着く声も、全部全部好きだ。

でも、もし好意を持っていると知られてしまったら?

今度は私に裏切られてしまうと、そう考えるかもしれない。

そのときさっと私たちの関係は終わってしまう。

だから、この気持ちは心の奥にしまっておこう。

彼を揶揄《からか》うことで、友達以上の気持ちを持っていないと思わせれば安心してくれるだろうか。

いつか、彼の心の傷が塞がるときが来たら、そのときは――。

夏休みに入って、私は先輩を遊びに誘おうとメッセージを送ったが、ついに返事が来ることはなかった。

スマホが壊れちゃったのかな？

でも、休み明けにたくさん構ってもらえるから、頑張って我慢することにした。

本当はもっと連絡したくてたまらなかったが、好意に気付かれるかもと思ったら、電話をかけようとする手も止まってしまう。

一月ぶりに会った先輩は変わっていた。

見た目にも気を使っているのが分かるし、弱々しい雰囲気がなくなっていた。

休みの間に何があったかは分からないが、ついにトラウマを克服したんだ！　そう思った。

興奮した私は、普段言わないようなことを、「私が彼女になってあげてもいい」などと、調子に乗ったことを口走ってしまう。

それに空回りすぎて、いつもなら考えすらしない、人の努力を否定するようなことを言ってしまったのだ。

案の定、彼は怒り、盛大に拒絶されてしまった。でもきっと、謝れば許してくれると、先輩は優しいから、また同じような関係に戻れると思っていた。

だから、一日反省した後、朝早くから改札の前で先輩を捜すというストーカーじみた真似をすることにした。犯してしまった間違いを正すために。

――でも違った！　もっと前から間違っていた！

私が心を透かさないために放つ言葉は、好きだと悟られないための努力は、彼の心に傷を付けていた。一つ一つは小さい傷でも、それが無数に積み重なって、大きな跡を残したのだ。

私が揶揄ったときに彼が力なく笑うのは、それを受け入れていたからじゃない。その心が傷つきすぎて、笑うことしかできないのに気付けなかったんだ。

私は最低だ。あのとき、時間が心を癒《いや》してくれるのを待つのではなく、私が彼の心の傷を埋めてあげられるよう努力するべきだったのだ。

関係が壊れるのが怖くて、素直に想《おも》いを伝えることから逃げて、先輩の心を壊してしまった。

泣く資格なんて、今の私にはない。泣くのはすべてを謝ってからだ。

きっと許してもらえないだろう。彼の物語から私はすっかり消えて、二度と会うことも、笑い合うこともないと思う。

でも、それでも。

私は先輩に謝らなければいけない。

私の世界に色を付けてくれた人から、色を奪ってしまったのだから。

先輩が電車に乗ってから、そんなに時間は経ってないはず。

学校の最寄り駅に着いて、急いで追いかければきっと間に合う。

そのとき、電車の到着を知らせる音が鳴り響く。

俯いていた顔をあげ、両手で活を入れる。全力で階段を駆け登る。

「はぁ……はぁ………優太先輩！」

駅に着いてからひたすら走り続け、ついに先輩の後ろ姿を視界に収めた。

声は聞こえているだろうが、名前を呼んでも、当然だが振り向いてはくれない。

それでも諦めず、彼に追いつくために走る。

疲労と緊張で呼吸は上手くできないし、涙も溢《あふ》れてくる。

涙で視界が歪み、もうすぐ追いつくという安心感からか、両足がもつれて無様にも転んでしまう。

アスファルトにぶつかって膝が切れ、血が流れ出てくる。足は疲れ果て、痛みと相まって立つことができない。

……でも。

辛くても、伝えなければ。

彼に与えてしまった痛みは、こんなものではないのだから。

痛みを我慢して、ふらつきながらも立ち上がろうと前を向くと、私を無視して歩いているはずの姿は目の前にあった。

「…はぁ……はぁ………せん、ぱい……」

「…………………」

彼は無言でこちらを見つめていたが、昨日や今日の、凍《い》てつくような視線とは違い、その目からは驚きが見て取れた。

私が追いかけてきた意味が理解できないと告げているようだ。

今を逃せばもう一生言う機会は訪れない。

涙が止まらなくたって、息が、言葉が続かなくたっていい。

私が思ってること、感じたこと、すべてを正直に話すんだ。

3

人間は弱い生き物だ。

他人の視線に惑わされ、思っていることが言えず、優しさを押し付けることが思いやりだと思い込んでいる。

関係が壊れるのが怖いから何も言えない。時間がすべてを解決してくれると妄信し、自分から行動しようとしない。

本当に誰かを想っている人間は、固い決意を持って行動する。

たとえ自分が辛い目に遭おうと、決して立ち止まらない。

しかし、そんな人間はそうそういない。本当に馬鹿ばっかりだ。

そして、ここにも馬鹿が一人。

——それは俺だ。

背後から聞こえた声に振り向こうとは思わなかった。

ただ、懲りないなと、そう思うだけだ。どうせ今朝のように、心が折れて追いかけてこなくなるだろう。

そう思っているうちにも足音は近くなり、真後ろで人が倒れる音がする。

これで終わりだ。もう立ち上がることはできないだろう。

それに、たとえ同じことを何度繰り返されようと、俺の気持ちは――。

「……はぁ……はぁ………せん、ぱい……」

確信に近い予想は覆され、背中に感じる気配は立ち上がろうとしていた。

思考が巡る間もなく、反射的に振り返ってしまう。

普段綺麗にまとまっている髪は崩れ、膝からは大量に血を流している。

しかし、大粒の涙を流しているその目は死んでおらず、真っ直ぐに俺を射貫《いぬ》いてきた。

ゆっくりと、生まれたての子鹿のような不安定さで、四足歩行から二足歩行へと進化を遂げる。

真剣な眼差《まなざ》しにとらえられ、言葉を発することができない。

なぜ、こんなにも俺を追いかけてくる？

彼女の目から感じる力は、先ほどとはまるで違っており、すでに怯《おび》えは消え去っていた。

「せん……ぱい……」

「…………なんだ？」

黒咲は、息も途切れ途切れになりながらも、しっかりと言葉を紡ぐ。

それは、まるで宝物を見せるような丁寧さで語られていく。

出会った日のこと。

「あの日、電車で声をかけてから、先輩のおかげで、つまらなかった毎日が変わったんです！」

二人で遊んだときのこと。

「映画だって、二人で歩くだけだって、私は、それだけで幸せでした」

俺のことをどう思っていたか。

「だって先輩が……先輩が、大好きだから」

なぜ、俺のことを罵倒するようになったのか。

「だから、もし先輩が私の気持ちを知って、それで……嫌われたらって、怖くなったんです」

昨日のことも。言葉が途切れても、幼稚な表現でも自分の気持ちを誤魔化すことなく彼女は伝える。

「それで先輩を傷つけてしまって本当に……ごめんなさい」

黒咲が俺に想いを寄せていたなんて、想像もつかなかった。

ただ、それは恋愛に無意識に自分でブロックをかけていたからなのだろう。

俺には知ることのできなかった部分に黒咲は気が付いてしまって、それが足枷《あしかせ》のように彼女の動きを鈍らせていたのだ。

「……えっ…………？」

気が付くと肉体は俺の指揮下を離れ、震えながら話す彼女を抱きしめていた。

学校まで少し距離はあるとはいえ、朝の通学路。この行為が校内に広がる未来が容易に想像できるが、それでも俺の身体は、目の前で美しく開花した彼女を抱きしめずにいられなかった。

確かに黒咲の言葉は俺の心を傷つけ、そこには非があった。

ただ、それは俺の心が弱っていて、敏感になっていたからでもある。

軽い揶揄いですら、俺を強く否定しているように認識してしまっていた。

元々は俺のことを想っての行動だったのに。

思い返すと彼女は、俺が黒咲に対して異性を意識したような反応をしたときにはそれを揶揄ったり、俺が他人に馬鹿にされないように口を出すことはあっても、俺自身の人格を罵倒したり、否定するようなことは一切言わなかったはずだ。

以前はすべて同じように感じていたが、冷静に物事を考えられるようになった今ならそれが理解できた。

むしろ、時の流れに身を任せて、黒咲が本心を言うことを避けさせてしまった原因は俺にある。俺はただひと言だけでも「黒咲のことを信じかけている」と、そう伝えるべきだったのに、信じられるようになるときを口を開けて待っているだけだった。

黒咲をここまで追い詰めて、気持ちを隠させてしまったのは俺だ。

「黒咲……ごめん」

「な……なんで先輩が……謝るんですか……」

「黒咲を苦しめた原因は俺にもある。俺を見てくれていたことに気付かなくて、本当にごめん」

「せ、せんぱっ……ごめんなざいぃ……」

俺の背中に添えられているだけだった両腕に、力がこもる。久しく感じていなかった温かい人の温《ぬく》もりが、自分の心にまで浸透しているようだった。

過去の弱かった自分を捨てるということは、弱さを認めて成長しようとする人間を受け入れることでもある。

すでに起こってしまったことは決して消えない。

俺が黒咲を再び信じられるようになるには、少なくない時間がかかるはずだ。

だが一つ言えるのは、俺の心からはもう、彼女に対する恨みは消え去ったということだ。

湯船に浸《つ》かり、しばし真っ白な天井を眺めていた。温まる身体と、頬を撫《な》でる緩い風が心地よい。

あの後俺は、周囲の生徒から突き刺さる視線をものともせず、黒咲を保健室に送り届け、平凡な一日を過ごした。

俺の噂《うわさ》を早速聞いたのか、浅川がすさまじい形相で俺を見つめていた気がしたが、いまさらそんなことを気にする男ではない。

そう思いたいのだが、俺の心には一つの疑念が生まれていた。

俺は今まで、優しくあることが最も大切だと思い、常に笑顔を忘れず、相手に優しく、気分良く過ごしてもらえるように必死に努力してきた。

だが、結果的にその想いは誰にも伝わらず、心を許した相手には無下に扱われるようになった。

だから俺は、自分を守るために理不尽だと思うことと戦うようになったし、自分の言いたいことを隠さずに言えるのは、とても気持ちの良いことだった。

相手を無条件に肯定することは優しさではない。

当然のような解答だが、以前の俺にはそれが分からなかった。

でも、前の俺は間違っていたとしても、今の俺は正しいのか？

相手の行動の意図を考えず、事実や感情だけで人を叩《たた》きのめすのが正しさなのか？

もちろん、自分に対して悪意を持って行動を起こす人間や、関係のない人にまで危害を加えようと一線を越える人間に対しては容赦する必要はない。

しかし黒咲のように、そこに自分なりの想いが込められていたら？

俺も含め、人間は間違いに気付いて成長する生き物だ。

なら、間違いを犯した相手を理解し、理解させられたなら、その人物を赦《ゆる》すことこそが本当の優しさなのではないか？

「やっと自分の気持ちを話してくれるようになったんだね」

浅川のこの言葉には、どんな想いが込められていたのだろう。

昨夜の考え事を引きずりながら登校していた俺は、昨日と同じ位置で、おそらく同じ人間を待っているであろう人影を発見した。

今朝、黒咲に連絡先のブロックを解除したとメッセージを入れると、早速一緒に登校しないかとお誘いが来たのだ。

もはや彼女を避ける理由はなくなったので、快く承諾した次第である。

向こうも俺に気付いたみたいで、小さく手を振りながら駆け寄ってきており、吹っ切れたようなからっとした明るさで挨拶してくる。

「先輩！　おはようございます！」

「おはよう黒咲」

「突然誘ってごめんなさいです。でも、先輩と一緒に登校したくて！」

少し恥ずかしそうに頬を染め、満面の笑みを浮かべており、その輝くような笑顔を見ていると、久しぶりに素の黒咲と会話できているんだなという実感がわいてくる。

俺もそうだが、彼女も自分の気持ちを隠さずに話してくれているということだろう。

「今日も先輩はかっこいいですね！　えへへ」

「あ、ありがとう？」

俺の制服の裾をつかみながら、目を細めて心底嬉しそうな表情をしている。

朝の眠気も吹っ飛んでしまうほどの可愛《かわい》さだが、傍《はた》から見ればバカップルの俺たちに向けられる視線が痛い。

「そういえば、一緒に帰ることはあっても登校することはなかったな」

「……朝も待ってたら好きだってバレちゃうし、重いかなと思って。でも、これからはガンガン待ちます！　邪魔にならない程度に！」

「……おぉ」

素の黒咲はこんなに積極的だったのか。

俺が原因で出せなかった部分とはいえ、新しい一面を見てしまった驚きが大きい。

ガンガンいこうぜに路線変更した後輩に戸惑いながら、俺たちはホームにたどり着き、電車の到着アナウンスを聞いていた。

「そういえば、足は大丈夫なのか？」

「全然大丈夫です！　むしろ、名誉の負傷？ってやつですかね、嬉しいくらいです！」

「……ごめんな」

スカートから伸びる綺麗な足には、痛々しいほどに大きな絆創膏《ばんそうこう》が貼られていた。

彼女は嬉しそうに笑っているが、やはり小さくない怪我《けが》を負わせてしまったことに罪悪感を感じる。

そんな考えを察してか、彼女はなかば強引に俺の手を引いて、ちょうど到着した電車の中へ誘導した。

車内は学生や会社員でほどほどに混んでいて、俺たちはドア近くの場所を陣取ることにする。

女子高生の最大の敵といえば、痴漢だ。スタイルが良く、顔立ちも綺麗な黒咲であればなおさら苦労が絶えないだろう。

そのため、本来であれば女子を守るように立つのが男子の役目のように感じるが、なぜか逆に、俺が黒咲に守られるように壁際に配置されてしまっていた。

「黒咲、位置変わるよ」

「いえ、お気になさらず！」

「いやでも心配だから」

「ありがとうございます！　でも大丈夫です！　あ～でも、揺れに弱いんでちょっと寄っかかっちゃったらごめんなさいです～」

そう言いながら彼女はわざとらしく、俺に二つの爆弾を押し付けてくる。

夏服は薄いだけあって、感触が割とダイレクトに伝わってしまう。

加えて、電車が揺れるたびに身体全体をこちらに触れさせてくるため、自慢の鋼鉄の精神が溶けてしまいそうで危うい。

和解していないときならまだしも、自分の肉体は再び黒咲を女子として認識し始めているようで、こちらも爆発物を起動させないように精一杯耐えている。わぁ、女の子ってすごい良い匂い。

「く、黒咲……？」

「こうすれば倒れる心配もありませんね？」

全力の我慢を嘲笑《あざわら》うかのように、今度は俺の腕に絡みついてくる悪魔。手は恋人のように繋《つな》がれ、腕には別の柔らかさ。上から下まで極楽である。

「さて、次は何にしましょうかね～」

なおも攻撃の手を緩める気がないのを察した俺は、なんとかボロボロの理性を振るい立たせ、電車が新幹線並みの速度になることを祈っているのだった。

永遠にも思えた拷問の時間は、やっと終わりを迎えたようだ。俺たちは電車を降りると、他の生徒に交じって学校へと向かう。

「先輩、前に言ってたボス倒せました？」

「あれな、武器を大剣にしたら一撃ごとに怯《ひる》みがとれて、けっきょくハメ殺した」

「えぇ……楽しいんですかそれ」

俺が昔にした話をしっかりと覚えていてくれるのもあって、黒咲と会話が途切れることはほぼない。

それに加えて新たに話題も生まれるため、どの会話をしようか悩むほどだ。

「先週発表された新曲聴いた？」

「あ、めちゃくちゃ良かったです！　初期の頃に戻ったみたいな曲調でしたよね！　最近は企業とのタイアップが多いせいか、尖《とが》った感じがなくなっちゃったなぁって思ってたんですけど、今回の曲は――」

そんなたわいもない話をしながら歩くのはとても心地よく、去年、黒咲と出会って間もない頃を思い出していた。

ＭＶを見ている俺にいきなり話しかけてきたときは何かと思ったが、彼女とは趣味が合ってとても楽しい時間を過ごすことができた。

自分に責任があると思っていても、失恋のショックは予想以上に大きかったのだろう。

それに気付かず苦しんでいた毎日を支えてくれたのは、間違いなく黒咲だった。

そんな彼女と和解できたことは、素直に嬉しい。

しかし、互いに間違いを犯し、それを許し合うことはできたが、二人の関係は以前と同じように戻ったわけではない。

それどころか、今後良いほうにも悪いほうにも進む可能性があるだろう。

俺は再び、彼女のことを信じられるようになるのだろうか。過ちを繰り返さず、理解を深め合うことができるだろうか。

悩んでいたせいで会話がおぼつかなかったことに気が付き、謝ろうと隣を見る。

綺麗な黒髪が風に靡《なび》いて、普段はあまり見えない、内側の金髪が露《あらわ》になっていた。

目と目が合うと、長いまつ毛と大きな瞳が一瞬不安げに揺れていたが、すぐに力強く持ち直し、薄い唇が動きだす。

「もし、前みたいに信じてもらえなかったとしても、私はこれからも先輩を見続けます。だから、先輩も私のこと……見ていてくださいね？」

朝露のように輝く笑顔を向けられ、思わず笑みが溢れる。

あのとき俺が彼女の言葉に耳を傾けなかったら、未来は大きく変わっていただろう。

自分の行動が分岐点だったとして、それによっては、もっと違った結果になっていたかもしれない。

彼女の心に隠れていた悩みを、もっと早く察せていたら。

それとも、何にも関心を示さず、すべてを拒絶していたら。

だが、そんな考えも、黒咲を見ていたら吹き飛んでしまったようだ。

今後、この関係がどうなるかは分からないが、俺は黒咲の笑顔が消えてしまわないように、深く頷《うなず》き返した。

第三章　ルリの理由

1

「おう宮本《みやもと》、おはよう」

まるで以前からの友達だったかのように気さくに話しかけてきたのは、同じクラスの片《かた》山《やま》だった。

名前は忘れたが、流石《さすが》に片山は合ってると思う。

朝のホームルーム前の和やかな時間。生徒たちは、これから始まる代わり映えのしない学業へのささやかな抵抗として、思い思いに時間を過ごしている。

例によって俺に近づくクラスメイトはいないはずだったのだが、今までも特に接点があったわけでもない片山が突然声をかけてきたことに若干驚く。

明るく振る舞う様子から、どうやらマイナスの感情は持たれていないようで安心した。

「お前そのワックスどこの使ってんの？」

「バベルの07とプロテクトを半々で混ぜてるよ」

「お、混ぜてるのか！　一つだと思うようにスタイリングができないときあるもんな！」

「片山は何使ってセットしてるんだ？」

「俺はtwoのクリームだ。少し柔らかめのほうがトップのセットしやすくて。俺も混ぜて使うことはあるんだけど、まだまだ研究中だ」

そうか、なぜ片山が声をかけてきたか理解した。

短すぎず長すぎず、綺麗《きれい》にセットされた束感のある茶髪と、凹凸がハッキリしているハンサムな顔。

制服は、着崩していてもだらしなく見えないように整えられ、お洒落《しゃれ》に関する並々ならぬ努力がうかがえた。

彼はいわゆるスクールカースト最上位に位置するグループのメンバーで、その中でも特に発言力のある男だ。

もちろん他のメンバーもかっこいいのだが、服や髪型に気を使っているといっても高校生。

ワックスを混ぜて使うなんて、美容師がするような工夫が伝わるほど熱心にお洒落に取り組んでいるのは片山くらいで、他は彼と比べるとイマイチパッとしない印象を受ける。

だから、同じようにお洒落に気を使っていそうな俺を見つけて、コミュニケーションを取ろうと考えたのだろう。

「てか突然ごめんな？　夏休み明けになって、宮本がめちゃくちゃかっこよくなってたから話しかけてみたかったんだよ。夏休みデビューとか言ってたやつもいるけど、そこまで変わるには相当な努力が必要だよな。すごいわ」

「片山こそ、クラスで頭一つ抜けてお洒落だと思うよ。いつも持ってるリュック、カナタマツモトのだろ？」

「おぉ！　分かるのか！」

カナタマツモトは、服が好きな人間なら誰もが知っているようなドメスティックブランドだが、値段がそこそこするため高校生の知名度は低い。

だから片山の周りでそれに気付く人間がいなかったのだろう、彼はとても嬉《うれ》しそうに目を輝かせている。

そう考察しつつ俺も、お洒落な同性に褒められたことに、恥ずかしさと嬉しさが相まってこそばゆい気持ちだ。

「なんかお前変わったよな。明けも変わったと思ったけど、そのときより柔らかさがあるっていうか。まぁなんだ、今の宮本となら仲良くなれる気がするから、これからは気軽に声かけるわ！　服の話とかもっとしたいしな！」

「そう言ってもらえると嬉しい。これからよろしく」

ちょうどそう言ったタイミングで始業のチャイムが鳴り、片山は笑顔で右手を挙げながら自分の席に戻っていった。

これはまさか……友達ができたのか？

かつてないほど円滑に進んだ会話にすさまじい手応えを感じ、思いがけない幸運に自然と頬が緩む。

友人ができるまで少なくとも半年はかかると覚悟を決めていたのだが、彼のコミュニケーションスキルのおかげで目標はあっけなく達成されてしまった。

それにしても、片山の積極性と素直な言葉選びには学ぶことが多々あった。

堅苦しくならないような自然な声のかけ方、知識の多さからくる余裕のある反応。

途中、相手を困惑させたことに対する謝罪を挟むことで場が和んだし、相手を褒めることも欠かさない。

その他にも見習うべき箇所は数えきれないほどあり、彼を一つの目標とするべきではないかと、脳内で有識者会議が開かれることとなった。

さて、片山の素晴らしい技術について研究している間に放課後を迎えてしまった。

今日も今日とて黒咲《くろさき》が俺を捕まえに来て、二人で下校だ。

「そういえば先輩、私が髪染めてるのチャラいとか思わないんですか？」

世間では、髪を染めているだけでチャラいとか頭が悪いといった偏見を持つ人間が一定数存在している。黒以外の髪色に何か辛《つら》い思い出でもあるのだろうか。

アニメやゲームのキャラに憧れてきた俺としては、ちょっとかっこいいと思ってしまう。

「別に思わないなぁ。髪が真っ青な子と関わったこともあるし、偏見はないかな」

「……ふーん」

あれ、機嫌を悪くするようなことを言ったつもりはないのだが、もしや髪色の説明が分かりにくかったのか？

確かに、青い色といっても様々だ。スカイブルーやターコイズブルー、アクアマリンなんて名前の色もある。

きょろきょろとあたりを見回していると、前方にちょうど良《い》い髪色の生徒を発見した。

「ほら、あの校門に立ってる女の子。あんな感じの青髪で……」

「先輩、どうしたんですか？」

突然言葉が途切れた俺に、黒咲が小首を傾《かし》げながら疑問を抱く。

ちょうど良い髪色の生徒どころか、あれは本人じゃないか？

あの制服は確か、うちからそんなに離れていない女子校のものだったはずだ。

俺の学校がバレているのは、思い当たる節があるし理解できるが、問題はどうしてここにいるかだ。

いや、高校生ともなれば他校の生徒と友達であっても何ら不思議ではない。

中学の同級生でも捜しに来たんだろう。

俺はこのまま雑談を楽しみつつ——。

「あ、優太《ゆうた》君！　ルリだよ！」

「………先輩？」

真っ青な髪の女子に話しかけられているのは誰だろうという多くの視線と、それと同じくらいの威力を秘めた一人の視線が全身に突き刺さっていた。

2

私は男の人が苦手なのかもしれないと、いつからかそう思っていた。

特にこれといった理由はないが、おそらく中高と女子校に通っていて、男子と関わる機会がないからだろう。

高校生になった私は、バイトを始めることにした。

好きなアニメやゲームのグッズを買うのにも、何かとお金がかかる。

最初はコンビニで働くことにしたが、意味もなくお釣りを渡すときに手を握ってくる人や、連絡先の紙を渡してくる人が後をたたなかった。

私が上手に断れないのも良くなかったのだろう、段々行為はエスカレートしていき、つ

いにはストーカーに発展してしまった。

幸い、警察がすぐに対応してくれたので大事には至らなかったが、そのときには異性が本格的に苦手になっていた。

だから、たとえ不安が解消されたとしても、もうそのコンビニでは怖くて働けない。

そこで目を付けたのが、メイドカフェだ。

メイドさんなら、一定以上の行為や言葉は禁止されているから異性が苦手であっても働けると思ったし、メイド服を着るのも密《ひそ》かな夢だった。

それに、もしかしたら異性への苦手意識も改善されるかもしれない。

私はすぐに面接に行き、見事に合格した。これで私もメイドさんの仲間入りだ。

私がお給仕を始めて間もない頃、一人のお客さんが現れた。

彼の名前は優太君。私服だったので最初は気が付かなかったが、なんと同い年らしい。

同年代の男子と関わることが珍しく、彼自身も初めてこういう店に来たようだ。

だから気になって、来店した理由を聞いてみることにした。

なんでも、「お金を払っている以上、裏切られる心配もないと思うから」だそうだ。

よく分からないけど、私たちはアニメやゲームの話で、すぐに仲良くなることができた。

優太君はそれから毎週この店に通ってくれるようになり、いつしか彼と話すことが私の楽しみになっていた。

私がミスをして落ち込んでいるときに、彼が言葉を尽くして励ましてくれたのを今でも覚えている。

そのときの救われたという気持ちのおかげで、今も私はこうして働けているのだ。

自分では気付いていないだろうが、彼は時折、何かを思い出しているようにすごく悲しそうな表情をしている。

その顔を見るたびに私は切なくなるし、何もできない自分が情けなく思える。何かしてあげられたらなぁ。

あるとき、私を推してくれているお客さんが、突然罵ってほしいとリクエストしてきた。他人に馬鹿にされることの何処《どこ》が嬉しいのか分からないけど、熱心にお願いされたからやってみることにする。

するとその人はとても喜んでくれて、どう話が広まったのか、同じように罵倒してほしいというリクエストが殺到するようになった。

自分に合ったキャラクターを作ると人気が出やすいよ、と先輩が教えてくれたけど、もしやこれのこと？

それからも同じような注文は絶えず、いつの間にか私は人気キャストに数えられるくらい多くの支持を得ていた。

理由は分からないが、どうやら男の人は私に罵倒されると嬉しいらしい。

なら、優太君もきっとそうだ。

彼が喜ぶことをすれば、悲しい顔も笑顔に変わるはず。

キャラクターが仮面のように私に重なっている気がしたが、みんなが喜んでくれるから気にしないことにした。


でも、日に日に優太君が悲しそうな表情をする機会が増えていった。

彼が言葉で私を救ってくれたように、私も彼を救いたい。

言葉を尽くしてその苦しみを取り除こうとしても、優太君は弱々しく笑うだけ。

彼が帰るときには、そんな不甲斐《ふがい》ない自分に腹が立って、冷たく当たってしまうこともあった。

前は言えたはずの、「もっと一緒にいたい」が喉で堰《せ》き止《と》められる。

なんでそんな顔をするの？

なんで私だけを見てくれないの？

……努力が足りないのかな。

スマホで調べてみると、もっと優しくしたほうが良いとか、酷《ひど》い言葉を言うのはありえない、とか書いてあった。

私もそう思うけど、お店に来てくれるみんなはそれとは真逆のことを求めてくる。

やっぱり現実の人の意見を取り入れたほうがいいのかな?

その日は言葉の趣向を変えてみることにした。ちょっと過激なアニメを見て、勉強してきたのだ。

なんでも「奴隷」だとか「無能」だとか、そういうキーワードが今流行《はや》っているらしい。好意を持っている相手に対してそういう言葉を使うのは抵抗があるが、今日こそ彼は喜んでくれるだろう。練習はバッチリだ。

しかし、私の渾身《こんしん》の罵倒を浴びた彼の表情に笑みはなく、代わりに何か憑《つ》き物《もの》が落ちたような、そんな顔をしていた。

なんで笑顔になってくれないんだろう。

いつまで経《た》っても返ってこない言葉に不安になって、つい、追撃してしまう。

「うるさいよ、アホ面しやがって」

自分の耳を疑った。なんで私が逆に罵倒されているんだろうか。

それよりも、人に辛辣な言葉を浴びせられることがこんなにも応《こた》えるのかと、そう思った。でも、それでもみんな嬉しそうにしていたのだ。私がしたことは間違っていないはず。

「話してて楽しくない？　それはお前が人との会話を盛り上げようとしないからだよ。俺と同い年だったとしても、金をもらってるんだし、会話を盛り上げようとするのは仕事じゃないのか？　そんなに会話が退屈なら、もうこの店には来ないから安心してくれ。今までありがとう、さようなら」

彼の言葉は止まらなかった。会話が退屈だなんて思ったことあるわけないし、むしろ、彼と話すことがモチベーションとなっているほどだ。

なんで優太君は怒ってるの？

なんでもう来ないなんて言うの？

まったく状況がつかめず、唇の震えが止まらない。

もしかして、奴隷って言葉が好きじゃなかったのかな。

言ってほしい言葉を聞いておくべきだったと、いまさら後悔した。

彼を必死に引き止めて謝ろうとしたが、私の声は届いていないのか、そのまま彼の姿は消えてしまい、戻ってくることはなかった。


その夜、私はベッドで横になりながら、そのことを思い出していた。

私のどこが悪かったんだろう。

私の何が気に障ったんだろう。

考えても考えても、答えは一向に見つからない。

だから私は、思考を放棄して眠ることにした。

もしかしたら、これは夢だったのかもしれない。

明日になれば、いつものように優太君がお店に来てくれるかも。夏休みだって言ってたし、いつでも会えるはずだ。

そんな考えの浅い私に待っていたのは、悪夢のような日々だった。


カラスが鳴く声で朝を知る。

朝といっても、昨晩考え事をしていたからか、目が覚めたのは昼過ぎのことだった。

微《かす》かに普段より熱く感じる体温と、他人の身体《からだ》を動かしているような重さ。

目覚めたばかりの私は、優太君からメッセージが来ていないか確認するために、メッセージアプリを開いた。

優太君個人の連絡先を聞くことはお店の方針で禁止されていたが、彼はいつも私のお店用アカウントにメッセージを送ってくれる。

そんないつもが繰り返されないかと淡い期待と共にアプリを開くと、たくさんの通知が表示されていた。

一瞬、彼がメッセージを送ってくれたのかと心臓が高鳴るが、それにしてはやけに数が多い。

疑問に思いながら通知欄を押してみると、私の目に入ったのは、何十人という関わりのない人間から送られた誹謗《ひぼう》中傷の嵐だった。

「え……なに、これ……」

理解が追いつかず、思考が口から漏れ出してしまう。

いったい何が起きたの？

私、何かしたっけ？

突然のことに戸惑いと恐怖を感じながら、震える指先で送られてきたメッセージの内容を確認する。

『お客さんに向かって奴隷は酷いと思います』

『そういうノリでやってるにしても、この後ちゃんと謝ったの？』

『髪青w　こういう色にしてるやつってヤバいのしかいないよなw』

自分の投稿を見返しても、たまに載せる自撮りや出勤報告のみで、炎上するような内容のものは何一つなかった。

必死に火元を探ってみると、どうやら昨日、私が優太君と話しているところが盗撮され、私のアカウントが名指しで公開されていたらしい。

動画をアップしたのは使い捨てのアカウントのようで、自力で犯人を特定することはできない。

でも、それが着火剤になって、大勢の人が私のことを責めていた。

百歩譲って私のキャラクターについての批判ならまだ分かる。

私を推してくれている人でない限り、これが素だと思っても仕方ないからだ。

何も知らない人たちから見た私は、お金を払ってお店に来てくれているお客さんに暴言を吐く、とても失礼なメイドだ。

でも、コメントの中にはそれとまったく関係のない、私の容姿や話し方で勝手な持論を展開する人もいた。

顔や髪の色と、その人の性格なんて関係ないのに。

もちろん、そういうキャラクターだからと擁護してくれる人もいたが、最終的には数の暴力に負け、少しずつ消えていった。

どうしよう、どうしよう。

初めて向けられる見ず知らずの他人からの悪意に冷や汗が止まらない。

気力も湧かず呆然《ぼうぜん》と虚空を見つめていると、これ以上見ていたくないという願いが届いたのか、突然画面が切り替わる。

店長から電話がかかってきたようだ。話の内容が予想でき、出るのは怖いが、このままではクビにされてしまうかもしれない。

覚悟を決める余裕すらなく、未《いま》だにおぼつかない指で応答を押した。

「瑠鈴《るり》ちゃん⁉　あなたなにやってるの⁉」

「あの、店長……」

「動画が晒《さら》されてるってお店の子が教えてくれたから見てみたけど、流石に言いすぎだと思わなかったの⁉」

「それは……」

思わなかったわけではない。

でも、普段はみんな喜んでくれてるし、事実今日まで晒されることもなかった。

なんで昨日に限って……。

「とにかく、今後はもうああいうことは言わないでちょうだい。次やったら、流石にお店に置いておくことはできないから。あと、動画の件に関しては私のほうで消すようにお願いしておくから、いいわね？」

「はい……。ありがとうございます店長……」

「まぁ、特に注意しなかった私にも問題があるから、これからまた頑張っていきましょ」

返答から私がショックを受けていることを察してか、優しい言葉と共に電話が切られる。

そして、おそらく店長が監視カメラを確認し、盗撮した人に対応してくれたのだろう。

ほどなくして動画は削除され、私を叩《たた》く人間の大半が興味をなくし去っていった。

でも、未だに粘着してくる人はいるし、わざわざお店に来てまで文句を言ってくる人もいる。

彼らは例外なく、今までお店に来たこともない人だった。

自分の鬱憤を誰かに吐き出したいだけのような、そんな人たち。

そういうときは、一緒に働いている子やお客さんが上手《うま》く立ちまわってくれるおかげで、なんとか平穏に日々を過ごすことができていた。

でも、これ以上ヒートアップしてしまったら、夜道で襲われるかもしれないという恐怖が消えない。

原因は自分だったとはいえ、精神的なストレスが溜《た》まる日々のせいで食欲はあまりなく、睡眠不足が続く。

自分では気が付かなかったが、お客さんにはやつれていると心配されてしまった。

気分転換に買い物やカラオケに行っても、ふと誰かが後をつけてきてないか不安になって、全然集中することができない。

そんな陰鬱とした日々を過ごす中、自分のキャラクターを封印した私は、相手が楽しめるような会話ができないでいた。

なんとか会話を盛り上げようとしても白けた空気にさせてしまうことが多く、推してくれていたお客さんたちは段々と他の子へ推し変してしまった。

お店の子はまた人気が出ると励ましてくれるが、自分を見る目が変わるのはやっぱりちょっとキツい。

素の私に魅力がないことなんて分かっていた。

今までは、相手がどんな話をしていても、上手い返しができなくても、鼻で笑って煽《あお》れば許されていたんだから。

勘違いしていただけで、最初から会話なんてできていなかったんだ。

でも、なんで優太君はあのとき怒っていたんだろう。

もう、うちの高校の夏休みも終わってしまうのに、その間彼は一度もお店に来てくれなかった。

彼が突然豹変《ひょうへん》してしまった理由だけが分からない。やっぱりどれだけ考えても、一向に解決の糸口が見つからない。

だから私は、友達のリコちゃんに電話で聞いてみることにした。

リコちゃんは、同じ学校に通う仲の良い友達で、困ったときはなんでも相談し合ってきた。彼女のほうが私よりも数段大人びていて、基本相談するのは自分のほうだったが、私よりも恋愛経験があるし、もしかしたらアドバイスをくれるかもしれない。

私が電話をかけると、リコちゃんはすぐに応答してくれた。

夏休み中予定が合わず、会うことができなかった間の面白い話で花を咲かせたかったが、世間話もほどほどにして、私は今までの出来事を包み隠さずに相談してみる。

「……いや瑠鈴、それは流石に瑠鈴が変だと思うよ」

「………………そうなの？」

今までの出来事から、その回答を予想していなかったというわけではないが、それでもしばしの間、思考が停止してしまった。

未だに告げられた言葉の意味を理解しきれていない私の様子を察してか、リコちゃんは子供に説明するように柔和で、丁寧に言葉を紡ぐ。

「今さ、瑠鈴の中の、男の人が喜ぶ行動の判断基準は、お店に来てくれるお客さんだけで構成されてると思うんだよ」

「そう思う。他に知ってる男の人なんていないし、タクヤさんも隊長さんも優太君も、他の人だって私に罵倒されて喜んでたもん」

「うん、そう思うかもしれないけど、優太君はそこには入ってないと私は思うな。彼は、いつ瑠鈴と知り合ったの？」

優太君が喜んでいないなんて、そんなはずない。

私がみんなに酷い言葉を浴びせるようになってから、私を推してくれる人は急激に増えたのだから。

つまり、そのキャラクターに需要があったのだ。隊長さんが最初に罵倒するように頼んできて、その後タクヤさんが熱心に推してくれるようになって、どんどん私を指名してくれるお客さんが増えていって。

優太君だって……。

優太君は…………………あれ？

「優太君は、私に人気が出る前から推してくれてた……」

「そうだよね？　優太君はきっと、他のお客さんと違うところに惹《ひ》かれたんだよ。彼はさ、瑠鈴のどこが好きで推してるとか言ってなかった？」

リコちゃんが決して急《せ》かさず、優しく待っていてくれるおかげで徐々に思考力が戻ってくる。

覚えているはずだ、彼が私のどんなところに惹かれたか、前に質問したはずだ。

「…………笑顔」

そうだ、笑顔。優太君と仲良くなってまだ日が浅いとき、自分に自信がなかった私は彼に聞いたんだ。

『ねぇ優太君。私人気ないけどさ、なんで私のこと推してくれてるの？』

『うーん……。ルリちゃんは可愛《かわい》いし話してて楽しいけど、一番素敵だと思うのは笑顔かな』

『笑顔？』

『そう。なんていうか、すごく輝いて見えるんだ』

『……なにそれ。でも、ありがとう！』

「……そっか。優太君は……素の私が好きだったんだ……そっ……かぁ……」

一瞬、自分が泣いているのかと思った。

だが、顔に触れた指先には肌の感覚しかなくて、後悔が涙を涸《か》らしてしまったのを理解する。

こんな簡単なことに、なんで気が付かなかったんだろう。

他にも仮面の下の私を好きでいてくれた人はいたかもしれないが、それを言葉にして伝えてくれたのは優太君ただ一人だった。

それと同時に、なぜ彼があのとき豹変してしまったのかを理解する。

たぶん、彼には元々大きな傷があって、だからあんなに悲しそうな顔をしていたんだと思う。お店に通って人の温《ぬく》もりを感じて、自分の心が壊れないようになんとか耐えていたんだ。

でも、そこに私が追い討ちをし続けたせいで、ついに抑えていたものが爆発してしまった。仕事をする上では、このキャラクターは正解だったかもしれない。だけど、何も考えずにそれを演じることで、別の私を望んでいなかった彼を傷つけてしまった。

奴隷みたいなのは、みずから考えることもせず、与えられた仮面を着けるだけの私のほうだった。

「瑠鈴はさ、これからどうしたい?」

行動を押し付けるのではなく、私の選択を尊重しようという問いかけ。

僅かな沈黙の後、ありのまま思ったことを口に出す。

「私は……優太君に謝りたい。あと、お礼が言いたい……」

なによりもまず、彼に謝罪しなければ。

自分の知識がなかったから、思い違いをしていたからで済む話ではない。言葉で私を救ってくれた彼を、あろうことか言葉で傷つけてしまったのだから。私はまだ、何も彼に返せていない。

もし私が、キャラクターを演じず素の自分で彼と接することができていたら、今頃は彼の居場所になれていたかもしれないと、そうも感じた。

でも、いまさら後悔したって何も変わらないのだ。

あのときと同じように、きっと今が私たちの関係の分岐点。

それに、素の私を見ていてくれてありがとうって、ちゃんとお礼を言いたい。

「……なら、作戦を立てないとね。優太君の通ってる学校は分かるんだっけ？」

「うん……たぶん、このあたりで噴水のある高校っていったら一つしかないから」

彼はいつも週末にお店に来るため、通う高校がどこかは分からない。

けど、以前学校の話をしたときに、噴水があると言っていたのを覚えている。

「じゃあコンタクトは取れるとして……。流石に家までは分からないし、行くのもどうかと思うから、夏休みが終わるのを待つしかないね。勇気が出ないなら私もついて行こうか？」

「ありがとう。でも、一人で頑張ってみようと思う」

「そ、なら陰ながら応援してるね！　また何かあったらいつでも連絡して！」

そう言って電話が切れ、再び静寂が部屋の中を支配する。

しかし、私の心にはもう孤独感はなく、少しの勇気が生まれていた。

なんていい友達を持ったんだろう。

私が悪いのに、それを責めることなく親身に話を聞いてくれた。解決策も一緒に考えてくれて、彼女がいなければ、私は未だに自分の犯した過ちを知ることすらできなかっただろう。

優太君とリコちゃん。二人の優しさに報いるために、私は行動すると決めた。

怖くても、拒絶されるとしても、伝えるんだ。

3

「うん、許すよ」

その言葉を求めているると思ったのだが、対面しているルリちゃんは鳩《はと》が豆鉄砲を食ったように目をぱちぱちさせている。

「え……許して……くれるの？」

「もちろん。俺もあんなこと言って悪かった。ごめん」

「いや、それは全然……いいんだけど。私、優太君に酷いことたくさん言っちゃったし……」

彼女の謝罪を聞く限り、俺を罵倒していたことに悪意はなかったようだし、そもそも笑っているだけだった俺にも問題がある。

何も言い返さずにヘラヘラしていたら、受け入れられていると解釈しても何らおかしいところはないからだ。

過去は変えられないが、お互い良くないところに気付けて、こうして腹を割って話せているんだからそれでいいと思う。

俺の言葉が彼女に届いていると知って報われた気持ちもあり、すでにルリちゃんに対する負の感情はなくなっていた。

それに、彼女は心なしか前よりやつれているように見える。

そうなるのも無理はないだろう。ＳＮＳでも現実でも、大勢の見ず知らずの人間から誹謗中傷を受けてきたのだ。

ただの女子高生にはあまりに荷が勝っている。彼女はもう、十分に罰を受けたのだ。

「俺もひと言やめてって言えばよかったと思うし、二人とも悪いところがあったってことじゃだめかな？」

「……ううん。本当にありがとう」

胸の前で両手を合わせ、嬉しそうにこちらを見つめる瞳は微かに潤んでいて、すべてを伝えるのに相当の勇気が必要だったことが想像できる。

「最初に植え付けられた知識が間違ってるって気付いたり、それを受け入れるのってすごく気持ち的に辛いよな。常識は気軽に変えられるものじゃないし」

「うん……。だから気付くのが遅れてごめんね」

「謝らなくていいよ。俺もそういう経験あるから分かる」

そう、彼女は女子校に通っているというのもあり、男性に対する経験がないから一般的にどうすれば異性が喜んでくれるか分からなかったのだ。

そして目の前に提示された「罵倒する」という行為は、雛鳥《ひなどり》が初めて見た生き物を親だと思うように、彼女に刷り込まれてしまった。

一度信じ、実際に成果を得てしまえば、それを疑おうなどとは微塵《みじん》も思わないだろう。

もちろん、現代はネットを使えばいくらでも有用な知識を得ることができる。

だがそれは、数学の公式や礼儀作法のように、すでに答えとして完成しているものであればよいが、恋愛のように、感じ方が十人十色で時間と共に移り変わっていくものに対しては効果を発揮しにくい。

ゲームをやらない人間にゲームを渡しても喜ばれないように、当人を取り巻く環境によって使えなくなる知識もある。

そう考えると、画面の向こうの意見よりも現実の意見を取り入れるというルリちゃんの認識は正しいとも言えてしまう。

たとえ運良く間違いに気付けたとしても、そうだったのかと受け止めるのは至難の業だ。かくいう俺も、相手を無条件に肯定することが優しさではないと心の奥底では分かっていたのに、植え付けられた思考をすぐに否定することができなかった。

共感が伝わったのか、彼女の声の震えは収まりつつある。

数秒の沈黙ののち、決心したように前を向き、俺の手をつかむと、可憐《かれん》な声で言葉を紡ぐ。

「私さ……いまさら好きだなんて言えないけど、もう一回優太君が私だけを見てくれるように頑張ってみようと思う。……許してくれる？」

「想《おも》いに応えられるか分からないけど、それでよければ」

「……やった。ありがとう！」

その笑顔は、久しく見られていなかった彼女の素の表情だった。

俺がルリちゃんを推す決め手となった、幸せそうな笑顔。

やっぱり、キャラクターを演じているときより、心のままの反応のほうが断然可愛いと思う。

うん、これで良い。ここからまた——。

「……先輩？」

「……放っておいてごめん」

その笑顔は、久しく見られていなかった黒咲の怒りの表情だった。

すっかり黒咲を蚊帳《かや》の外にして会話を進めてしまっていたことに気が付く。

やっぱり、可愛い子が怒ると、他の人の十倍怖いと思う。

「あのですね、私というものがありながら、いまさらメイドさんと仲良くする必要がありますか？」

そんな黒咲の言葉を打ち消すように、優しく透き通ったルリちゃんの声が聴こえる。

「後輩ちゃん……で、いいのかな。もしかして、二人は付き合ってるの？」

「いえ、まだ付き合ってませんが、私たちの心は深く通じ合ってます！　だから──」

「付き合ってないなら私にもチャンスがあるね！　負けないから！」

大きな胸を張って、羞恥心を投げ捨てたようなことを声高らかに主張していた黒咲。

しかし、ルリちゃんのポジティブトークに押されて最終的には引き気味で俺の横に戻ってきた。

「今日のところは帰るね！　優太君、連絡先聞いてもいい？」

「だめですー！」

「いや、いいよ」

「なんでですか！」

両手をばたつかせて阻止しようとする黒咲を避け、連絡先を交換すると、ルリちゃんは小気味良い足取りで去った行った。

後に残ったのは俺と、恨めしそうに俺の脇腹を突いてくる後輩と、一部始終を物珍しげに見ていた外野の視線だけだった。

「……ていうか先輩、メイドカフェに通ってたんですね。私がいくらでも着るのに」

「お、じゃあ今度メイド服姿、見せてもらおうかな」

「言いましたね⁉　本当に着ますからね！　一緒にプリクラ撮ってくださいよ！」

彼女は罰ゲームのように言っているが、どこからどう見ても確実にご褒美だ。

メイド服姿の黒咲はさぞ可愛いだろう、インナーが金髪だから不良メイドになってしまうかもしれないが。

何はともあれ、また一つ過去と決着をつけることができた。

まだ一人心当たりがあるが、果たしてこれ以上の進展が望めるのだろうか。


夏休み明けの激動の日々とは正反対に、和やかなムードが漂う駅前。

普段なら学生の本分を真面目に果たしているところだが、学校のなんとか記念日とやらで、ありがたいことに授業は休みになっている。

そんな今日、黒咲とショッピングモールへ行くことになった俺は、十四時の待ち合わせに予想外に早く着きすぎてしまったため、目の前を流れる人波を観察していた。

両親の真ん中で、それぞれと手を繋《つな》ぎながら楽しそうにはしゃぐ女の子や、忙しそうに電話をし、誰が見るわけでもないのに会釈をしながら歩く会社員。

大学生くらいだろうか、腰ほどまである美しい黒髪を揺らしながらショッピングモールへ向かう女性と、それと並んで歩く、彼女に惚《ほ》れているであろうことが容易に理解できる男性。

俺と同じように、きっとデートなのだろう。

人間を観察していると、その人の背景や感情まで見えてくるときがあってとても楽しい。自分以外の人生というものを感じるからだ。

夢中になって観察していると、飽きることのない人波の中でも一際目立った人物が目に入る。

黒い肩出しのサマーニットにブラウンのパンツ。

綺麗な白い首元が露《あらわ》になりすぎぬよう、内巻きのボブで守られている。インナーに入った金髪が目を引くため、露出した肩の防御もバッチリだ。

俺と目が合うと、少し釣り上がった猫のような目元は嬉しそうに緩み、手を振りながら小走りで駆け寄ってくる。

「せんぱ～い！　おはようございます！」

「もう昼だけどな。おはよう」

「先輩と会えたときに私の朝は始まるんです！　待ちましたか？」

「俺もちょうど着いたところだよ」

教科書通りの返事がさらっと出てきたことに自画自賛しつつ、駅のすぐ近くにあるショッピングモールへと向かう。

普段、制服のときの黒咲は活発さがあって年相応の美少女といったところだが、今日の格好は高校生にしては少々大人びていた。

しかし、スタイルの良さと整った顔立ちのおかげで、大学生と言ってもおかしくない落ち着いた美しさを放っている。

目元は赤と茶色をメインにメイクされていて、微かに見えるラメが綺麗だ。

何より薄着のため、歩くたびに胸が揺れ、横を歩く彼女の目を見ていても視界に入ってしまう。

「先輩はどこを見てるのかなぁ〜？」

「いや違うんだ、今日の黒咲は清楚《せいそ》で可愛いなと思って」

「……そういうことにしておいてあげます。先輩も……かっこいいです」

「本当に思ってるけどな。俺も嬉しいよ、ありがとう」

これもまた本心だが、なんとか危機を脱することができたようだ。

視線がバレないようにサングラスを買っておくべきだった。掛けてる時点で相当に怪しいが。

そうこうしているうちに施設の入り口に到着し、館内の案内マップを見上げる。

このショッピングモールは六階建ての大型施設であり、飲食店の他に服屋やゲームセンター、映画館まで併設されている。

中高生や家族連れに大変人気があるが、流石に平日の昼間はお客も少ない。

「ゲーセンも行きたいけど、キャッスルレコードとアドアバも行きたいんですよね」

「あーアドアバ久しぶりに行きたいな。まぁ、お客さんも少ないみたいだし、ゆっくり回っていこう」

「そうですね！　れっつごー！」


まず、最初に訪れたのはアドアバだ。本来の名前はアドバンス・アヴァンギャルドといって、サブカルチャー系の商品を多く取り扱う書店である。

書店といっても、アニメグッズや海外のよく分からないお菓子など、謎に豊富なラインナップで若者を喜ばせている人気店だ。

かくいう俺たちも、暇を見つけてはよく二人で足を運んでいた。

店内ですぐに目に入ったのは海外のコミックやグッズが並ぶエリア。

なぜか全国のアドアバはこの類の商品に厚く、より優れたラインナップはそれこそ専門店でしか見られないだろう。

「先輩先輩！　キャプテン・アボカドの新刊出てますよ！」

「黒咲、前に映画観《み》てからどハマりしてるもんな……。三千二百円⁉　高いな⁉」

最近流行りのヒーロー映画の原作コミックだ。

昔一緒に観に行ってから、黒咲はキャプテン・アボカドの大ファンになってしまったらしい。

アボカドの種を模したハンマーを使って敵をなぎ倒す姿は確かにかっこいいが、俺はパープル・ハムスター推しだ。

「さくらんぼ味のコーラだってさ、飲んでみる?」

「うえぇ……美味《おい》しいんですかそれ……?」

「俺たちが知らないだけで、海外では人気商品かもしれないぞ?」

こういうどこに需要があるか分からない商品を眺め、雑に感想を言い合うのがこの店の楽しみ方だ。

久しぶりに来たアドアバを満喫して、俺たちは店を後にする。

さくらんぼ味のコーラは割と美味しかった。

次に立ち寄ったのはキャッスルレコードだ。説明しなくとも伝わるだろう、メジャーからインディーズまで幅広いアーティストを取り扱う、大手のCDショップ。

新作発売前のバンドがイベントを開くことも多々あり、店内はいつも活気に溢《あふ》れている。

「そういえば先輩、サバフィクションの新譜買いました?」

「もちろん買ったとも。特典のライブ映像めちゃくちゃ良かったから、いつか行ってみたいなって、ライブ」

「あー分かります！　光の使い方が上手いですよね。もし二枚チケット取れたら一緒に行きましょ！」

「お、楽しみにしてる」

何を隠そうサバフィクションとは、俺と黒咲が知り合うきっかけとなったバンドである。一つのジャンルに当てはまらない楽曲作りに定評があり、ロックやポップ、果てにはダンスミュージックの要素すら取り入れ産み出される音楽は多くのファンを魅了しているのだ。

かくいう俺も魅了された一人であり、俺が黒咲と出会ったときに聴いていた曲は「クライシス」という曲だった。

落ち着いた曲調が多いサバの中では珍しくロックの色が前面に押し出されており、生きることについての力強いメッセージが込められている。

本来であれば元気をもらえる一曲なのだが、あのときは自分の未来が真っ暗に見えていて、なぜだかとても辛く思えてしまった。

だが今ではそんな気持ちも消え、バンドの中で最も好きな曲になっている。

お互いに最近の音楽について語り尽くし興奮冷めやらぬ中、黒咲に手を引かれてやってきたのはゲームセンター。

俺を連れて歩く、耳を真っ赤にした黒咲を揶揄《からか》いたい気持ちもあったが、殴られそうだからやめておいた。

「さぁ先輩、思う存分遊びましょう！」

「はしゃぎすぎないようにな」

「もう、子供じゃないんですよ！」

子供の必殺技のような台詞《せりふ》を言っている。

いや、確かに大人な部分もあるな、決して深い意味はないが。

「あ、先輩！　これやりましょ！」

「いいな。定番だよな」

やはりゲームセンターの定番といえばクレーンゲーム……ではなくエアホッケーだろう。決してクレーンゲームが苦手だからではない。

二人分のお金を入れ、それぞれ台の反対側に立ち、設置されているスマッシャーを手に取る。

「負けませんよ～！」

「俺も手加減しないぞ。殺人必殺ショットを止められるかな？」

「そんなもんゲーセンで打たないでください」

こうして、世界の存亡をかけた二人の戦いが始まった。

俺が負ける可能性は万に一つもない。なぜなら俺は、伝説のスマッシャーだからな……！

「…………負けた」

「やったぁ！　先輩弱いですね！」

小学生でももう少し善戦するだろうってくらいの点差、結果はボロ負けだった。

だが待ってはくれまいか、これは俺の実力ではなく、高度に張り巡らされた罠《わな》だったのだ。想像してみてほしい、黒咲が円盤を打とうと屈む瞬間を。

凶悪な……ここからは何も言うまい。素晴らしい想像力を持つ君たち同志なら理解してくれるだろう。

つまり、俺は野性の本能とかそういう奴《やつ》に負けたのだ。ふむ、恥ずかしくなってきたから話題を変えよう。

「黒咲、前にメイド服着てくれるって言ってたよな。プリクラの横で貸し出してるって書いてあるぞ」

「えぇ⁉　ちょっと待ってください！　あの、まだ流石に心の準備が……」

「そうか。残念だけど次の楽しみに取っておくよ」

「ありがとうございます……」

狼狽《うろた》えた様子で後ずさる黒咲。

いくら彼女といえど、いきなりメイド服を着るのは恥ずかしいのだろう。きっと女子にも心構えとか、いろいろあるのだ。

「あ、でも、プリクラは撮りたいです！」

「いいよ。撮ろう」

「ほんとですか⁉」

自分から誘っておいて顎が外れんばかりに驚くのは意味が分からないが、黒咲を連れて今一番盛れると噂《うわさ》のプリ機へと到着する。

遥《はる》か昔だが、プリクラは浅川《あさかわ》と撮ったことがあるので勝手は分かる。

四百円を入れて、手早く自分の色の選択を済ませ、黒咲へ画面の操作権を譲った。

「ほい、黒咲は何色にする？」

「黒と白ですけど……なんか慣れてません？」

「……………」

隣から突き刺さる視線を華麗にスルーし、筐体《きょうたい》の中へ入る。

『今日はパルルを利用してくれてありがとう。まずはカメラの位置を調整してね！』

二人がちょうど良く写るようにカメラを合わせる。

といっても、俺たちの身長はあまり変わらないので、調整する必要はほとんどない。

「せ、先輩。私ちゃんと笑えてますかね」

「めちゃくちゃ硬いぞ」

黒咲はなぜかガチガチに緊張している。

もしかすると、男子とプリクラを撮ったことがないのかもしれない。

仮に撮るとしても集団だろうし。しょうがないな、ここは俺が先輩としてリードすることにしよう。

安心感を与えるためにハイテンションのほうが良いかな。

『まずは可愛く顎に手を当てて！』

「こ、こうですか⁉」

「そうだ！　顎を引いて上目遣い！」

『次は、相手のほっぺたをツンツンしてみよう！』

「黒咲！　ほっぺた借りるぞ！」

「ふぇ⁉　先輩⁉」

『最後は相手をぎゅっと抱きしめて！』

「待ってください先輩！　心臓が！　心臓が‼」

「心配するな！　俺が導いてやる！」

「なんで変なモード入ってるんですか――！」


……三分後、満足げに筐体から出る俺と、すさまじく疲れた様子の黒咲の姿があった。

「さ、次は落書きだな」

「……さっきのはセクハラですよ」

「パルルに指示されたからしょうがないだろ」

何と言われようと、パルルの指示は絶対なのだ。

落書き用のブースへ移り、撮影結果を確認する。

俺の的確な指示のおかげか、かなり自然に盛れた写真の数々が並んでいた。

「あ、この写真、二人とも盛れてますね」

「抱きついた奴か。やはり俺は正しかった」

「……抱きつかれるのは嬉しいですけど、心臓が持たないからだめです」

そう言いながらも、追加で顔を小さく加工する手は止まらない。

この写真はどうで、あれはどうだと盛り上がっていると、あっという間に終了の時間になってしまう。

「私はこれにします」

「奇遇だな、俺もだ」

二人が選んだのはもちろん、抱きついている一枚。

はにかみながら笑顔を浮かべる黒咲の可愛さが前面に押し出された傑作だ。

実物で手に入るのはこれだけでも、撮ったものはすべて画像としてスマホに取り込むことができるし、割となんでも良い感じはあるが。

しばしの間待っていると、印刷されたシールが排出される。

「ふふーん。先輩との初プリ嬉しいです」

「また撮ろうな、次はもっとすごいポーズのやつ」

「……もちろん撮りますけど、ポーズは普通のがいいです」

プリクラを大事そうにスマホケースに入れ、上機嫌な黒咲。こんなに喜んでくれるなら撮った甲斐《かい》があるというものだ。

「先輩もスマホの裏に入れてくれていいんですよ?」

「流石に恥ずかしいから、大事に財布の中にしまっておくよ」

「大事にしてくれるならまぁ……いいです。他の女の子にも見える位置なら……」

「なに？　なんて言った？」

「なんでもないですー！　とにかく、肌身離さず持っててくださいね！」

荒ぶる後輩を宥《なだ》めながら館内をぶらついていると、ふと彼女の足が止まる。

「あ、そういえば本屋さん行きたいんでした。寄ってもいいですか？」

「もちろんいいよ。買いたい本でもあるの？」

「好きなモデルさんが雑誌に載ってるらしくて、それのチェックです！」

書店に着くと彼女は女性向け雑誌コーナーに歩いていき、雑誌を物色し始めた。

「……あ、これです！」

黒咲はお目当ての雑誌を手に取り、ペラペラとページを捲《めく》る。

やがてその手は止まり、こちらへと雑誌を向けた。

「この子です、渋谷美奈《しぶやみな》ちゃん」

見せられたページには、ご丁寧にモデルさんのプロフィールが載っていた。

東南アジア系のハーフで、はっきりとした顔立ちと赤茶色のウェーブがかった髪が特徴的。

最近はドラマにも出ていて、現役女子大生という若さも相まって、ネクストブレイクの筆頭らしい。

「へぇ、初めて知ったな」

「せ、先輩古いですよ。どうですか？　綺麗だと思いませんか？」

「うーん……」

確かに綺麗な人だとは思うが、自分がまだ高校生だからだろうか、あまり魅力を感じない。それよりも……。

「……俺は、黒咲のほうが好みだけどなぁ」

「せ、せせせ先輩⁉」

「あ、俺はそう思うってだけだから、否定してるわけじゃないぞ？」

「それは分かってますけど……うぅ、これってそういうことでいいのかな……？」

いいところをたくさん知っている分、身近な人間に軍配が上がってしまっても仕方がないだろう。

何やら悩んでいる様子だから、話を合わせたほうが良かったのかもしれない。

「私ならいいですけど、他の女の子に言っちゃだめですからね！」

「分かったよ、気を付ける」

「私にはいくらでも言っていいですから！」

「はいはい」

「はいはいってなんですかー！」

女の子は難しい。俺に女心を理解できるようになる日はくるのだろうか。

照れたり怒ったり忙しい黒咲を見て、果てしない道のりに想いを馳《は》せるのだった。


「はぁー！　楽しかったですね！」

「そうだな。めちゃくちゃ遊んだ気がする」

一通り館内を巡ってから外に出ると、さっきは青かったはずの空が色を失いかけているようだった。

俺たちは新鮮な空気で肺を満たしながら駅へと向かう。

「なんか、こうやって二人で過ごすの久しぶりな気がするな」

「確かにそうですね。……先輩は楽しかったですか？」

一変、不安そうな黒咲の顔。俺が気を遣っていないか心配なのだろう。

「俺はまたデートしたいと思ってるよ。黒咲は？」

「デ⁉　わ、私も先輩とデートしたいです！」

頬に夕陽《ゆうひ》を浮かべ、全身で感情を表現する後輩の顔を、和やかな気分で見つめる。

「なんなんですかその顔！」

「ははは。黒咲は可愛いなぁ」

「もう騙《だま》されませんよ！」

第四章　異変

1

土日を挟んで翌週、いつものように教室へ足を踏み入れた俺の身体《からだ》には、普段とは違う視線が向けられていた。

……いったいなんだ？

今日の俺に、目を引くような違う点はないはずだ。

突然、筋骨隆々の大男にクラスチェンジした覚えはないし、太古の力の目覚めと共に、黒髪から金髪に変わっていたわけでもない。自分の名前をイタリア風に改名したくないからな。

そう思いながら自分の席に向かうと、疑問の答えはすぐ目の前にあった。

俺の机の上は、油性ペンで書かれた自分への悪口で埋め尽くされている。

いや、ショックを受けるなり怒るなりするべきなのだろうが、どれだけ言葉を尽くして俺を罵倒できるか考えに考え抜いたような内容のものもあり、若干感心してしまう。

試験のときに眺めていたらカンニング扱いされてしまうだろうか。この「産業廃棄物」とか、漢字の書き取りで出てくる可能性ありそうだな。

現代で言えば、いや現代で言わなくともこれは明らかないじめであるが、別にたいして気にはならなかった。

大方、俺が注目を集めるようになったのが気に食わない人間か、黒咲《くろさき》やら浅川《あさかわ》やらのことが好きな男子からの逆恨みだと思われる。

あの二人のファンからしたら、俺はさぞ邪魔者に映ることだろう。

しかし、もし浅川のことが好きなら心配しなくても良い。

もう俺たちの関係は綺麗《きれい》さっぱり消え去ったのだ、君にもチャンスは十分にある。

まぁ、自分を磨くよりも他人を蹴落とすことに力を注いでるようでは、可能性は限りなくゼロに近いが。

ともかく、机が汚れていようと学校生活に影響はないし、大きなリアクションを起こすこともなく席に着こうとすると――。

「おい宮本《みやもと》！　これどうしたんだよ！」

「おはよう片山《かたやま》。朝来たら何か書いてあった。別に気にならないからいいよ」

「いいわけないだろ、誰だよこんなダサい真似《まね》して！　ちょっと待ってろ！」

そう言って険しい顔をした片山は、スマホ片手に教室を飛び出して行く。

それから十分ほどが経《た》ち、布やらマーガリンやら洗剤やらを持って彼は帰ってきた。

「布にマーガリン付けて擦《こす》って、そのあと洗剤液で綺麗になるらしい」

「片山……。ありがとう」

「ほら、早いとこ綺麗にしちまおう」

関わるようになって日が浅い俺のためにわざわざ解決策を調べ、道具を用意してくれることに感謝の念を抱く。

片山と一緒に机を拭いてみると、みるみるうちに落書きは落ちていき、元の机よりも綺麗になってしまった。

「助かったよ、ありがとう」

「気にすんなよ。それより、誰がこんなガキみたいな真似を……」

「よく分からないけど、他人の努力を受け入れられない奴《やつ》でもいるんじゃないか？」

「あー……」

確かに、と片山は頷《うなず》く。これ以上犯人探しをしても意味はない。

「俺も昔、陰口を言われたことがあったな。いつでもいるよな、そういう奴……」

「何が楽しいんだろうなぁ」

その後は、一連の騒動を忘れたかのように雑談に花を咲かせ、変わらない一日を過ごすこととなった。

「ごめんなさい先輩！　今日の放課後、友達と遊びに行ってもいいですか？」

「全然いいけど、どうしたの？」

昼休み、教室で読書をしながら優雅なランチタイムを過ごしていると、騒がしい様子で黒咲が謝りに来た。

彼女は何気ない様子で空いている隣の席に座ったが、お察しの通り、めちゃくちゃ目立っている。

「いや、先輩が私と一緒に帰るのを楽しみにしてるんじゃないかと……」

「もちろん楽しみにしてるけど、黒咲が友達と遊ぶのには大賛成だ。たまには友達付き合いしないと孤立しちゃうぞ」

「……説得力ありまいだだだだだだ！」

予想以上に身に染みた様子に、思わず黒咲の肩においていた手に力がこもってしまう。失礼な後輩は呻《うめ》き声を漏らしながら苦しんでいるので、申し訳なくなって手を放した。

「わざわざ言いに来てくれてありがとう。お昼ご飯食べてく？」

「いえ、そうしたいところなんですけど、周りの人の視線が痛いので帰ります！　それじゃあ先輩、また明日です！」

「はいまた明日～」

口調は元気そうなのだが、名残惜しそうな、エネルギーの補給が済んでいないような瞳でこちらを見つめていた。

一緒に帰れないなら話し足りない気もするが、確かにすごい空気だもんな……。

そういうわけで、残念なことに今日の放課後の予定はなくなってしまった。

特にすることもないし、大人しく帰ってゲームでもしよう。

——と、以前までの俺なら考えていただろう。

しかし、単体呪文が全体呪文になるように、物語中盤の勇者ばりの進化を遂げた今の俺には、何をすべきなのか手に取るように分かる。

ゆっくりと席を立ち、黒板の近くで雑談しているグループへと足を進める。

自分たちを目掛けて来ているのを理解したのか、ちらちらとこちらを見ていた輪の中の何人かは後ずさり、引《ひ》き攣《つ》った笑みを浮かべだす。

だが、その中でも一際輝いて見える一人だけは、こちらへ気付くと満面の笑みで出迎えてくれた。

彼に向けて、俺が言うことはただ一つ——。

「めちゃくちゃ怖がられてるんだけど、俺、何かした？」

「いや、特に何もしてない」

「間違えた。片山、放課後遊ばないか？」

……ついに言えた。

これが脱ぼっちへの第一歩「友達を遊びに誘ってみる」だ。

そうは言うものの、当然相手にも予定がある。それがクラス一の人気者であればなおさらだ。

もしかしたら、有名スイーツ店のように三ヵ月先まで予定が埋まっている可能性もあるだろう。

もちろん了承してもらえるのが一番だが、こちとらいきなり誘ったのだから、過度な期待は持つまい。

しかしたとえ断られたとしても、友人を誘う行為そのものが大きな成長を表していると思わないかね？

返答をもらうべく片山を見ると、なぜか腕に顔を擦り付け、鼻を啜《すす》っていた。

……泣いてる？

「まさか……お前から誘ってくれるなんて」

「い、忙しかったらまた今度でも……」

「忙しいわけあるか！　今日の予定なんて全部キャンセルだ！　服見に行こうぜ！」

「お、おぉ……？」

彼の情緒がだいぶ心配なのだが、何はともあれ、めでたく放課後に友達と遊ぶという一大イベントを開始することができるのである。今から緊張してきたぞ。

「宮本ー！！　原宿だ！！！」

待ちに待った放課後。服を見るということで、無駄にテンションの高い片山と共に原宿に来ていた。

服といえば原宿。綺麗系からストリート系、名前の通り原宿系まで様々なタイプのアパレルショップが立ち並んでいる様子は、まさに服のデパートである。上手《うま》いようでまったく上手くないたとえだな。

「片山は行きたいところある？　そういえばカナタマツモト好きだったよな」

「行っていいか？　奥のほうにカナタの路面店があるから見たいんだよな」

「じゃあそこからにしよう」

「よーし、出発だ」

人混みの中を十分ほど歩くと、高校生には到底手の届かなさそうなブランド店がひしめき合うエリアにたどり着き、その一角に目的の店はあった。

「うわ、制服で入るには気合がいるな」

「分かる、俺も最初の頃は入るだけで一時間かかった。でも意外と入ってみると楽しいもんだぞ？　店員さんも優しいし」

若干の臆病風に吹かれつつ、片山の後ろから店に入ると、背が高く雰囲気のあるお兄さんが出迎えてくれる。

「いらっしゃいませー」

「あ、お兄さん久しぶりです！」

「久しぶりだねぇ。今日は友達連れてきたの？　彼もかっこいいね」

「ですよね、俺の自慢の友達です！」

これがコミュ力とコミュ力のぶつかり合い……。

二人の会話に入ることは今の俺には難しかったが、片山の言った通り、一度入ってしまえば居心地の良い店だった。

「宮本、これどう思う？」

「あー、丈が長いから秋は羽織れるし、コートの下に着てもかっこいいと思う」

「やっぱかっこいいよなー。でも七万かぁ……」

店内を練り歩いていると、片山に問いかけられる。

高校生に、いや高校生でなくとも七万はポンと出せる金額ではない。それもシャツ一枚の値段がだ。

ただ、俺も最初はおかしいと思っていたが、値の張る服はそれだけ工夫して作られているものだ。

生地感や、そもそものデザインが他の店にはない独自のものであることが多く、事実このシャツは服好きの中でも人気がある一枚で、片山が悩むのも頷ける。

「そういえば片山はバイトか何かしてるのか？　カナタって全体的に高いから、小遣いだけで買うのは厳しいだろ」

「そりゃあもちろんバイト漬けよ。基本カラオケだけど、たまに掛け持ちしてる」

やはりバイトを掛け持ちしないと厳しいか。それだけ服に対する熱意があるということだろう。

けっきょく今日はシャツを買わなかったが、憧れの一枚を身に纏《まと》った自分の姿を知ることができて、とても満足そうだった。

しかし店を出ると、急に真面目な顔付きになって問いかけてくる。

「今朝の落書きのことなんだけど、犯人は探さないのか？」

「あの程度の被害だったらわざわざ探す必要はないかな」

「そうかぁ……。宮本、変なところで達観してるよな」

「そうかな？　でも、流石《さすが》に片山とか後輩とかに被害が及ぶようだったら、俺も行動しなきゃならない」

自分に何かちょっかいをかけてくるだけなら許容できる。

しかし、まったく関係のない人間まで巻き込むというのなら話は別だ。高校生にもなって、そんな卑怯《ひきょう》な嫌がらせしかできない奴がいるなんて思いたくはないが。

というかなんで片山は頬を赤くしているんだ。

「お前が俺のことをそんなに大切にしてくれてたなんて」

「……なんか気持ち悪いから次見に行っていいか？」

感動してくれるのは嬉《うれ》しいが、なんとも言えないくねくねとした動きが気持ち悪かった。

「そうだな！　まだまだ気になってる服はたくさんある！」

変わり身が早すぎる友人に苦笑するが、これこそ高校生活というものだろう。

俺たちはふざけ合いながら、軽い足取りで進んでいくのだった。

2

メイドカフェ――それは、人類の希望を凝縮して形成された楽園。

数多くのコンセプトカフェがしのぎを削るコンカフェ戦国時代において、メイドカフェは太古の昔より存在する、いわば恐竜のような存在。

すでに一般市民に知り尽くされているようでいて、足を踏み入れれば新たな発見に心を躍らされる、夢のような場所である。

色とりどりの衣装を身に纏い、決して枯れることのない笑顔でご主人様を迎えてくれるその姿はまさしく、コンカフェ界のティラノサウルス……！

今再び、我々は新世界への扉を叩《たた》くときが来た。

重苦しさを感じさせない、可愛《かわい》いデコレーションが施された外装。天使の羽を模したノブを回し、伝説の剣を引き抜くような勇ましさでドアを開けると――。

「おかえりなさいませ～！　ご主人様～！」

……天使だ。来店を知らせる鈴の音と共に、天使が舞い降りてきた。

ティラノサウルスもステゴサウルスもプテラノドンも、もはやこの世には存在しない。

恐竜の時代はいつの間にか終わりを告げていたということだ。

今、目の前に降臨なさっているのは他でもない、大天使ミカエル……。それかガブリエルかラファエルかも。

そろそろ意味の分からない解説にも飽きてきたので、今日の予定について説明しよう。

俺は、一月ぶりにルリちゃんが働いているメイドカフェに足を運んでいた。本当はしばらく遊びに行くつもりはなかったのだが、昨晩のことだ。

『優太《ゆうた》君明日なにしてるの？　実は私、久しぶりに優太君にお店に来てほしいなって思って！　ほら、前回は怒らせちゃったから、そのお詫《わ》びっていうか、楽しい思い出をもっと作れたらなって！　どうかな⁉　いや、もちろん私自身が会いたいんだけどね？　同じ学校じゃないし、週末もバイト入れちゃってるからあんまり会えないのが寂しくて……。とにかく、返事待ってます！』

こんな感じで長文のメッセージが届き、その勢いに圧倒された結果がこれである。

ということで、ここまで来てしまえば、もはや楽しむ以外に選択肢はない。

放課後の解放を彩るイルミネーションに、気分は最高潮。

謎のテンションのまま入店した俺を出迎えてくれたのは、よく見慣れた姿だった。

青空を塗り込んだような色の長い髪をハーフアップにし、大きな垂れ目とぷっくりとした涙袋。

キラキラとした可愛らしい姿によく似合う紺と白のメイド服には、アニメのキャラクターの缶バッジが付けてある。

胸元の名札は、猫やハートの絵で装飾されていた。

「優太君、来てくれてありがとう！」

「久しぶり……ってほどでもないけど、元気そうでよかった」

奥のほうに案内され、席に着く。

前回彼女と会ってからそれほど時間が経っていないはずだが、前のような痛々しくやつれた様子は綺麗さっぱりなくなっていた。

「ご注文は何にしますか？」

「もえきゅんオムライスと、後はコーラで」

「かしこまりました～！　少々お待ちください！」

弾《はじ》けるような笑顔で注文を受け取り、軽快な足取りでカウンターに戻る彼女の姿を見て、手放した宝物が戻ってきたようで嬉しくなる。

五分ほどすると、ルリちゃんは鼻歌を歌いながらコーラを片手に帰ってきた。

「お待たせいたしました～！　コーラになります！」

「ありがとう。あと、言い忘れてたけどルリちゃんにもドリンクお願い」

「わぁ！　ありがとう～！　いただきます！」

再びドリンク作りから戻ってきたルリちゃんはアイスココアを選んだようだ。

俺のテーブルにグラスを置いて、彼女がドリンクを飲み終わるまで、二人で会話を楽しむことができる。

「ルリちゃん、無理してないみたいでよかった」

「えへへ、ありがとう。指名してくれるお客さんは前より減っちゃったけど、今のほうが良いってまた推してくれる人もいて嬉しいんだ」

「今のほうが断然可愛いよ」

「か、かわっ⁉　あ、ありがとっ！」

以前から可愛いと伝えていたはずだが、なぜか耳まで真っ赤にして、よろめくように照れていた。

何はともあれ、素の彼女が他のお客さんにも好評なようで安心だ。

まぁ俺は最初から魅力に気付いていたんだけど。

そんな面倒くさいオタクムーブをかましていると、厨房《ちゅうぼう》からオムライスが運ばれてきて、ルリちゃんがそれを受け取ってくれた。

「オムライスに文字書くね！　リクエストある？　ロボット以外ならだいたい描けるよ！」

「うーん、お任せで」

「分かった！　頑張るね～」

そう言うと慣れた手つきでオムライスにケチャップ文字を書いていく。

よくこんなに器用にできるなと感心するくらい上手に書いているものだから、つい夢中になって見てしまった。

さて、肝心の出来上がった文字なのだが――。

『ゆうたくん　大好きだよ』

オムライスがパフェよりも甘くなりそうなメッセージに加え、めちゃくちゃハートが描いてある。増量セールなんて目じゃないほどのハート祭りだ。

しかし、まだ追撃は止《や》まない。

「じゃあ次は、オムライスに魔法をかけるね！」

「うん、お願……なんで隣に座るの？」

メイドカフェでの魔法というと、手をハートの形にして「もえもえ～」が一般的だと思われるが、彼女は俺の隣に座ると自然な流れで両手を恋人繋《つな》ぎにし、耳元で囁《ささや》き始める。

「優太君、大好き。大好き、大好き、大好き」

元々聴いているだけで癒《いや》される小鳥の囀《さえず》りのような声は、耳元で囁かれることで何万倍にも威力を増幅させ、息が耳に吹きかけられるのと相まってすべてを委ねてしまいそうな気持ちになる。

「もっと私のことだけを見て？　ほら、こんなにドキドキしてるんだよ？」

依然として耳が溶かされそうになるが、攻撃はそれだけでは終わらない。

続いて、繋いでいた手をルリちゃんはみずからの豊かな胸へと押し付けた。

制服越しに伝わるマシュマロみたいな感触にいっぱいいっぱいで、相手の心臓の鼓動など気にしていられない。

聴覚だけでなく触覚までもが彼女の支配下に置かれてしまい、もはや陥落するのは避けられないと覚悟する。

だが、二人きりの空間ならこのまま勝負は決まっていたかもしれないが、ここには大勢の人間がいるのだ。

この惨状を見られたらルリちゃんが非難されてしまう、その一心で鋼鉄の理性はなんとか保たれていた。

「る、ルリちゃん、待って」

「ん？　どうしたの？」

「他のお客さんが見てるから……」

「大丈夫、一番奥の席だから誰も気付いてないよ？」

……やられた。

ここまで計算した上で一番奥の席に案内したのか。

確かに、カウンターからは最も遠く、客の目線は絶対にこちらへは向かない。

それにメイドさんも、まさか同僚がご主人様の耳元で囁いているとは思わないだろう。

俺たち二人は、まるで隔離され別の空間にいるようだった。

「でもこれ以上は流石にバレちゃうね、残念」

最後にそう囁いて彼女は向かいの椅子に座り直す。

……危なかった。まさかこんな暴力的な隠し玉を用意していたなんて。

実は素の彼女はすさまじい小悪魔なのかもしれない。

この後も油断すると取って食われそうな気がしてきたし、いい感じに話をそらそう。

「お、オムライス美味《おい》しいよ」

「ほんと？　良かった。私がたくさん魔法をかけたからだよ！」

「そうだね……」

この間の後輩ちゃんとはどんな関係なの？」

俺の筋書きではないが、しかし、その代わりにしてはまた難しい質問をぶつけられてしまったものだ。

答えを濁そうかとも思ったが、普段と変わらなく見える彼女の笑顔から、なぜかすさまじい圧を感じたので、正直に答えることにした。

しかし、二人の関係が悪化しないよう、細心の注意を払って言葉を選ぶ。

「俺が去年、彼女に振られてすぐくらいに知り合ったんだよ。よくゲーセン行ったり映画観《み》たりしてるかな」

「ふーん……。学校が違うからちょっと不利かな……」

小声で何か言っているようだが、あいにくと聞き取ることができない。

何か作戦を練っているような、そんな間があった後、彼女は口を開く。

「たまにでいいから、私とも放課後遊んでくれる？　後輩ちゃんが一緒でも全然良いよ！」

「遊ぶのは全然良いけど、黒咲と一緒なのはやめておいたほうが……」

この間の攻防を見る限り、二人の相性はあまり良くないようだから、無闇に会わせるのは悪手だろう。

というより、黒咲がルリちゃんのポジティブトークに引いていただけなのだが。

雑談の傍ら、練乳よりも甘いオムライスを完食した俺は、そろそろお暇《いとま》しようと荷物をまとめる。

「もう帰っちゃうの？」

「うん。今日も楽しかったよ」

「それなら良かった！　またいつでも遊びに来てね？　たくさんサービスしちゃうから！」

「サービス……。ありがとう、お邪魔しました！」

「ご主人様のご出発です！　行ってらっしゃいませ！　ご主人様〜！」

若干いかがわしい響きに疑問を感じつつも、久方ぶりに見られた推し本来の姿に喜びを感じながら退店した。

ビルの外に出ると、街には仄《ほの》かに夜の闇が近づきつつあった。

雲一つない空、陽は明日にはまた昇ってくる。

第五章　浅川由美《あさかわゆみ》の理由

1

私は、自分の席に着いてから今まで、宮本優太《みやもとゆうた》を見ていた。教室前方で、最近できた友達と楽しそうに話す彼の姿を、気付かれないように見つめていた。

授業が終わると一目散にやってくる後輩は、彼と屈託のない笑顔で笑い合えるのに。

それだけではなく、偶然、校門の前で青い髪の少女と仲睦《むつ》まじげに話しているのを見てしまったのだ。

それなのに、自分は彼からマイナスの感情を向けられたまま。

どうすればいいのか、ユウを眺めながら思考に沈む。

しかし、見ているだけでは何も変わらないのだ。

そんな当たり前のことを痛感しつつ、進展しない毎日にため息を吐《つ》く。

そのときだ、予想外な声がかけられた。

「浅川さん、どうかしたの？」

「……真壁《まかべ》君、おはよう」

注意が散漫になっていたのだろう。彼が話しかけてくるまで、その存在に気が付かなかった。

「突然ごめんね。でも、浅川さんがすごく辛《つら》そうに見えたものだから、何か力になれないかなって」

茶髪のパーマに眼鏡をかけた彼の目元はとても優しそうで、心底から私を心配して声をかけてくれたようだ。

だが――。

「ううん。ただちょっと、悩んでるだけ。でもありがとう、真壁君」

「……そっか。それならいいんだ」

言えるわけがない。

それに、関係のない第三者に私の悩みを言って、何になるというのだろう。

そうして再びユウのほうを見ていたが、気が付くと真壁君の姿はなくなっていた。

申し訳ないことをしたなと、少しの罪悪感に駆られる。

しかし、そんな感情はすぐに彼方《かなた》へと消え去り、思考が元の場所へ戻ってきた。

……私に足りないものは何だろう。

あの子たちにあって、私にないものがあるのだろうか。
認めたくない。
ユウと一緒にいた時間が一番長いのは私なのだ。
でも、今では自分が一番遅れている。
そんなこと、認められるわけがない。
「……そっか」
今、ようやく自分の気持ちに気付くことができた。
この気持ちは怒りや悲しみではなく、嫉妬なのだ。
初めて芽生えるこの感情は、いったいどこへ向けたらいい？

2

事件というのは、たいてい予期しないタイミングで起こるものである。
俺の机が罵倒用語専門の辞書になってから数日、いつものように黒咲《くろさき》と登校した俺は、下駄《げた》箱で靴を取り替えるために一旦彼女と別れた。
しかし、いつまで経《た》っても彼女が戻ってこないため、不思議に思い様子を見にいくと
――。

「あ、先輩……」

黒咲の下駄箱の中には大量の画鋲《がびょう》がばら撒《ま》かれていた。

慌てて彼女のもとへ駆け寄る。

「黒咲、怪我《けが》はないか⁉」

視線の先には、上を向いたおびただしい数の画鋲が無造作に置かれていて、無意識に上履きを取ろうものなら怪我は免れない。

「大丈夫です！　なんかちょっと、小学生みたいな嫌がらせで呆《あき》れてただけです」

焦っているのは自分だけみたいだ。

言葉通り、彼女の表情は明るく、幸いなことに無傷だった。ほとんど精神的ダメージを受けている様子もなく、ひとまず安堵《あんど》する。

しかし、一歩間違えれば彼女の手には傷が残っていたと思うと、後からぞっとする気持ちが湧き上がってきた。

心配させまいと強がっている可能性も否定できないため、本当に怪我はないか黒咲の手を入念に探る。

「あ、あの……。そんなに触られるとくすぐったいです」

「本当に怪我してないか心配なんだよ。もう少し我慢してくれ」

手のひらから指の間まで、丹念に確認していると、こそばゆく感じたのか小さく声が漏れている。

「ごめんな。もうちょっと我慢してくれ」

「……優しいですね」

優しいとかそういう問題ではない。

ついに予期していたことが起こってしまったのだ。俺に負の感情を抱いているからって、まさか周りの人間にまで手を出すとは。

黒咲はなぜこんな幼稚な嫌がらせの標的にされたか知る由もない。

推理は暫定的とはいえ、彼女にも説明しなければならないだろう。

「黒咲、実は——」

「つまり、先輩への嫉妬とか、そういう類のやつですよね？」

「たぶん。それが転じて、黒咲に矛先が向いたんだと思う。巻き込んで本当にごめん」

「いえ、そのおかげで先輩とイチャイチャできるから問題ないです！　……それにしても、先輩の元カノがあの浅川先輩だったなんて……」

俺の説明を一通り聞くと、怒るわけでも非難するわけでもなく、あっけらかんと受け入れられてしまった。

むしろ、浅川との話のほうに興味を持っているようだ。

「幼馴染《おさななじみ》だったからさ。黒咲も知っての通り、けっきょく浮気されて捨てられちゃったし」

「……私の見立てでは、どうも違う気がしますけどね」

「どういうことだ？」

「いえ、なんでもないです！　それより、強力なライバルがすでに消えていたことに喜びを覚える後輩です！」

被害を受けたというのに、どうしてかご機嫌な後輩が可愛《かわい》く思えて、自然と頭を撫《な》でていた。

「ともかく、今日はごめんな。この埋め合わせは絶対にするから」

「えへへ。楽しみにしてますね？」

サラサラと気持ちの良《い》い感触を手に、思考を巡らせる。

犯人はおそらく、同じクラスの人間だろう。これが、俺にダメージがない事に業を煮やしての行動だとすれば納得がいく。

そして、その様子を間近に見られるのはクラスメイトだ。

ただ一度アクションを起こした以上、標的が黒咲だけとは思えない。

他に俺と関係のある生徒にも被害が出ていると、そう考えるのが妥当だろう。

黒咲以外で俺と関わったことがある生徒は――。

「ごめん黒咲。もう一人被害者に心当たりがあるから教室へ行って良いか？」

「分かりました。何かあったらいつでも頼ってくださいね！」

「俺の台詞《せりふ》だ。何かあったら絶対に助けに行くからな」

「しぇ、しぇんぱい……」

茹《ゆ》で蛸《だこ》のように顔を真っ赤にしている黒咲を教室へ送り届け、自分のクラスへ走る。

目的地の周辺に着くと、予感は的中していたようだ。

普段であれば聞こえるはずの喧騒《けんそう》が、ぴたりとやんでしまっている。

自然と大きくなってしまう足音と共に教室に入ると、黒板にほど近い片山《かたやま》の席には、大量の墨汁がぶちまけられていた。

「片山！　大丈夫か⁉」

「宮本か……。これ、前回と同じやつの仕業だよな」

当の本人は至って落ち着いており、スマホで墨汁の吸い取り方を調べながら俺の呼びかけに応じた。

「たぶんそうだと思う。ごめん、俺のせいで片山が巻き込まれることになって」

「いいってことよ！　むしろこれで、俺たちが友達だって自他共に認められたことになるな！」

俺を元気付けるように強く肩を叩《たた》くと、白い歯をニヤリと露《あらわ》にしながら親指を立てる。

「ありがとう、もちろん友達だよ。この件は俺が決着をつけるから、迷惑かけて本当にごめん」

なぜか嫌がらせを受けたときより片山の感情が動いているように見えるが、これはどんな気持ちなのだろう。

だが、彼は次の瞬間にはまた真面目な顔に戻り、勇気付けるように口を開く。

「大丈夫か？　何かあったらいつでも協力するからな」

「ありがとう。もし一人で手に負えなくなったら、相談させてもらう」

巻き込まれたというのに自分を気遣ってくれる度量の広さに感謝と罪悪感が募る。

俺にはもったいないくらいの友達だ。

そして、俺ももう無視を決め込んでいられない。

標的が自分だけなら気にならなかったが、大切な人たちに手を出された以上、犯人を見つけ出して止めなければ。

犯人を炙《あぶ》り出《だ》すヒントがないかあたりを見回していると、背後から突き刺さる視線を感じる。

たった今教室に到着したばかりのはずなのに、浅く呼吸をするその人物とは、

——浅川だ。

視線が重なるが、彼女は後ろめたいことがあるかのように目をそらし、そのまま自分に与えられた席へと歩いて行く。

腰を下ろして安息を得たというのに、未《いま》だに息は上がっており、長いまつ毛が小刻みに震えている。

こちらの様子をうかがいたいのに、何かが気になって顔を向けられないのだろう、普段はブレることのない瞳があちこちに角度を変えていた。

あのときの顔の背け方、そして今の態度。

まさか、浅川が——？

考えてみれば、俺はクラスメイトの前で彼女を泣かせてしまった。

それは、彼女にとっては屈辱だったかもしれない。

もしかして、恥をかいて恨みを抱いた彼女が、俺の周りの人間に被害を及ぼすことで、再び俺を孤立させようとしているのではないか？

だが、仮にそうだったとして、今浅川を問い詰めたところで、シラを切られるのが関の山だ。

まだ彼女が犯人だと決まったわけではないが、今までに起こったことから次のアクションを予測し、そのときに決着を付ける。

俺を見ているであろう犯人に気付かれないよう、そっと決意を固めた。

時刻は夜の七時。

校舎から一歩外に出れば真っ暗な闇が広がっているからか、警備のためにちらほらついている電気もかえって不気味だ。

昼からは想像できないほどなんの音もしないので、たった一人世界に取り残されているように感じる。

なぜ俺がこんな時間まで学校に残っているのか。理由は簡単である。

犯人が机に落書きをしてから次の犯行に及ぶまでは二日ほどのラグがあったが、俺が反応を示したことに手応えを感じ、すぐに更なる行動を起こすと予想したからだ。

最悪今日でなかったとしても、毎日こうやって待ち構えるだけだ。

教師に許可をもらおうかとも考えたが、そうはせずに忍び込むことにした。

変に警戒していることがバレた場合、犯人が尻尾を出す可能性が減ってしまうのではと危惧した結果だ。

流石《さすが》に教室の鍵までは開けてもらえないので、俺が待機しているのは黒咲の下駄箱の近くだ。

不届き者は人のいない時間を見計らって校内に侵入するのだろう。

それとは逆側で待機していれば、向こうからは気付かれにくく、こちらは発見しやすい。明かりをつければ目立つため、スマートフォンの電源を切ると闇の中に潜み、自分以外に動くものがいないかを探る。

さて、ここからは犯人と俺との持久戦だ。犯行の現場を目の当たりにした際、どのような行動を取るのが一番効果的か、幾重にもシミュレーションを重ねていく。

準備は万端だ。


待機して一時間、事態はようやく進展を見せた。

俺が待つ下駄箱近くの反対側、校舎の入り口から微《かす》かな足音が聞こえる。

慎重に行動しているつもりなのだろうが、自分以外誰もいないと油断しているのか足音を消しきれていない。

——ついにきた。

明かりに頼らなかったおかげで気付くことはできたが、細かい人相までは分からない。

しかし、おそらく俺よりも背が高いその人物は、忙《せわ》しない様子で黒咲の下駄箱の正面へと立った。

聞き取れないが、ぶつぶつと独り言を言いながら、左手に持つリュックの中からおもむろに何かを取り出す。

目を凝らして見てみるとそれは、今朝見た画鋲が入っているケースだった。

犯人は一度周囲をキョロキョロと見回すと、音を立てないように黒咲の下駄箱を開け、今まさに再犯に及ぼうとしている。

俺の作戦はこうだった。犯人が黒咲の下駄箱に画鋲を入れた瞬間に呼び止め、それに驚いている隙にスマホで写真を撮って証拠として残す。

これは相手が誰であろうと使える手であり、犯行現場を押さえられることに変わりはない。

しかし、スマートフォンの電源を入れてカメラを構えた瞬間、ふと、校舎の入り口に別の気配を感じた。

犯人が画鋲を入れようとしているこのタイミングで呼び止めようと腹に力を入れたのだが、それが空気を震わせるよりも前に、予想だにしなかった別の声が鼓膜に届く。

「真壁君、やめなさい！」

慌てて声の主に目を向けると、そこに立っていたのは――。

「あ……浅川さん⁉」

「あなた、一年生の下駄箱の前で何をやっているの？」

闇の中から姿を現したのは、他でもない浅川だった。

急いで学校へ向かってきたのだろう。身に纏《まと》っているのは制服ではなく、パーカーにデニムのパンツというラフな格好である。

犯行現場を目撃されてしまった真壁の表情は硬く、手に持っているケースがカタカタと音を鳴らしている。

なぜ浅川がここにいるのか分からないが、彼女に気を取られて真壁の動きが止まっている今が好機と見た俺は、急いでスマホのカメラを起動して、フラッシュを焚《た》いて悪事の証拠を写真に収めた。

「な⁉　お前は……宮本⁉」

背後からの突然の光に、反射的に振り返る真壁。

しかし驚きも束《つか》の間《ま》、みずからの悪行を一部始終見られていたことに気付き、絶望の表情を浮かべる。

「真壁、まさかお前が犯人だったとはな。でも、近いうちにそれを繰り返すことは分かっていた」

「な、なんでだよ！　お前が悪いんだぞ！　浅川さんを泣かせたりして、そんな罰当たりなことをした報いを受けるべきなんだ！」

……そうか。こいつは浅川の熱狂的なファンなのだ。

前にも言った通り、浅川は学校のマドンナ的存在である。

彼女に憧れていたり、恋心を抱いている生徒は、男女問わず腐るほどいるのだ。

それどころか、一種の信仰のような、一人の高校生が受け止めるには重すぎる感情を抱いている者すら存在する始末。

だから真壁は、俺が彼女を泣かせたことに激怒し、復讐《ふくしゅう》しようと計画したのだ。

しかし、彼のやったことは許されることではない。

「……そう思うなら勝手にしてくれ。この画像は教師に提出して、然《しか》るべき処置を受けてもらう」

まさか、なんのお咎《とが》めもなしだと思っていたのだろうか、目の前の男は急に焦りだした様子で引《ひ》き攣《つ》った笑みを浮かべる。

「ま、待ってくれよ……。そ、そこまですることないじゃんか！　ほら、ちゃんと謝るから！」

いまさら交渉する余地はない。俺だけならまだしも、無関係の人間にまで被害を及ぼし、一線を越えた彼を許すことなど到底不可能だからだ。

俺に縋《すが》っても意味はないと悟ったのか、顔から大粒の汗を噴き出しながら今度は浅川のほうに媚《こ》びを売り始める。

「あ、浅川さんも何か言ってよ！　俺はあなたのために、あなたが心から笑えるように――」

「何を言ってるの？　誰がいつ真壁君に頼んだって言うの？　私の気持ちを勝手に推測して、他人を傷つけることでそれを満たそうとするなんて、自分のエゴを押し付けるのもいい加減に……っ⁉」

真壁の言い訳を聞き終える間もなく一蹴していた浅川だったが、その言葉を言い終える寸前、突然何か重要な見落としを見つけたかのように言葉を途切れさせる。

「そう……だったんだ」

一瞬、彼女の瞳が悲しげに揺れた。

しかしすぐに自分を取り戻すと、強気に言葉を続ける。

「と、とにかく、私はあなたに何も頼んでいないし、そもそも視界にすら入ってないの。被害者面しないで、諦めて罰を受け入れなさい」

毅然《きぜん》とした振る舞いで拒絶する浅川。

真壁はそんな姿を呆《ほう》けたように見つめていたが、徐々にみずからに訪れる処分への恐怖に侵食されていき、校舎から逃げるように駆け出して行った。

「……これでもう、嫌がらせは止《や》むんじゃないかな」

「……そうだな」

これで残ったのは俺と浅川の二人だけだ。

成り行きとはいえ、彼女と二人きりで会話するのは振られた日以来だ。

お互いに気まずさを感じているのか、言葉が上手《うま》く出てこない。

だが、言うべきことは理解している。

「ごめん。俺は浅川が犯人なんじゃないかと思っていた」

「……うん。そう思われても仕方ないと思う」

「勘違いしていてごめん」

あのときの彼女の反応が怪しかったとしても、実際には俺の勘違いだった。

彼女が陰から現れたときはさすがに驚いたが。

あれほど浅川を敵視していた俺が素直に謝ったからだろうか、彼女は何かを考えているようで、ポニーテールに縛られた髪の揺れは、その心情を表しているようだった。

十数秒の時間がゆっくり流れると浅川は、やはり予想通りの答えにたどり着いたというふうに一瞬目を見開くと、こちらを真っ直《ま す》ぐにとらえる。

しかし、次に彼女から告げられた言葉は、俺をさらに驚愕《きょうがく》させるものだった。

「……勘違いはもう一つあるんだ。私が浮気したっていうのは──嘘《うそ》、だったの」

「……う……そ?」

いきなり告げられた言葉に戸惑いを隠せず、そのまま同じことを返してしまう。

「突然でごめん。でも、今を逃せばずっと……いや、一生言えないと思う。だから、聞いてほしい」

そうして浅川は、緊張を抑えるためか、左の手を胸に当てながら、凛《りん》として、心までよく通る声でぽつぽつと話し始めた。

3

私とユウには、深い深い絆《きずな》がある。絆といっても友情ではなく、それは愛情だ。

私たちは物心ついたときから一緒にいた。

親同士の仲が良く、仕事で海外を飛び回ることが多かった両親は、私をユウの家に預けることも多かった。

別にそのことについて、両親に何かを思うところがあるわけではない。

自分たちの力を海外で活《い》かしているというところに憧れを抱いているし、私がモデルを志すきっかけにもなったからだ。

それはさておき、とにかく人生の大半を共に過ごしてきた私たちは、ほとんど兄妹《きょうだい》のような関係だった。

でも、中学の卒業を控えた頃、二人の関係は大きく変わることになる。

ユウの両親が事故で亡くなったのだ。

そのときのことはあまり思い出したくないが、私ですら実の親を亡くしたようで、胸にぽっかりと穴が空いた感触があった。

なら、ユウの心の傷は計り知れない。彼は気丈に振る舞っているつもりでも、隠しきれない痛々しさがあった。

しかし、日が経つと共に彼は急速に大人びていき、高校生になる頃には、辛そうな様子は完全になりを潜めていた。

辛いはずなのに、何事もなかったかのように生活を送る姿を見て私は、彼がこのままどこかへ、手の届かないところへ行ってしまうんじゃないかと、すごく怖くなった。

そのとき初めて、私は彼のことが好きなんだと、自分の恋心を理解することができたのだ。

そこからは早かった。

気持ちに気付いたからか、焦りからか。

私はユウに猛烈なアプローチを仕掛け、どちらから告白するでもなく、桜が咲いている時季に私たちは付き合い始めることになる。

しかし、これが間違いだったと、明確な分岐点だったと、仕事でたくさんの経験をし、少し大人になった今なら分かる。

私は、あのとき自分を奮い立たせて気持ちを伝えるべきだったのだ。

そうすれば、きっと今も私たちの関係は恋人のままだっただろう。

だが、本当は告白したかったが、思春期特有の気恥ずかしさのせいで、最後の最後だけは流れに身を任せてしまい、言葉にはできなかった。

同時に、応募していたモデルの審査に通り、晴れて私は夢だったモデルになることができた。

やることなすことすべてが上手くいくような全能感。

好きな人と想《おも》いが通じ合っているという幸福感。

今思えば、私の人生の最盛期はあのときだったかもしれない。

しかし、いつまでも感じていたかった幸せは、当然のように長く続かなかった。

モデルとしての仕事は順調どころか、素晴らしい成果を残している。

雑誌に載ったり、ネット番組に出演したり、他の同期の子に比べたら遥《はる》かに躍進していたし、周りの子の自分を見る眼差《まなざ》しが憧れに染まるのを感じると、なんとも言えない気持ちよさがあった。

だが、私が自慢げにその話をすると、ユウも自分のことのように喜んでくれていたが、なぜか彼の心が以前のように隠れているままのような、何か秘密があるような気がした。

そう思うと急に、いつも私に優しく、どんなことがあっても怒らないユウの姿に不安を感じるようになった。

彼は本当に私のことが好きなのだろうか。いまさら、告白をしなかったという事実が重くのしかかってくる。

ユウは自分の本心を誰にも見せようとしない。

今までずっと一緒にいたのに、なんで隠し事をするんだろう。私は彼女なのに。

そのとき、自分の中に無性に不安と怒りが湧き上がっているのを感じた。

今思えば、それは私の推測でしかなかったのに。

そんな負の感情に操られるままに、最高の方法を思いついた。

彼に別れ話を切り出すことで、その気持ちが本物なのか確かめようとしたのだ。

きっとユウも自分の本心を曝《さら》け出《だ》してくれるだろうし、二人が恋人関係だと改めて確認することもできる。素晴らしい作戦だと、そう信じ込んでいた。


肌を刺すような冷たい雨が降る、冬の日の放課後。私はユウを呼び出した。

何も知らずに来た彼は、傘を忘れた私を自分の持つそれに入れてくれる。

そんな優しさですら、その正体が愛情なのか友情なのか分からなくて。すべてを確かめるために、不思議そうにこちらを見上げる彼にこう告げた。

「ごめん、別れたい」

「……え？」

浮気なんて、するはずがない。

いや、俳優に言い寄られたのは本当である。

撮影終わり、腕をつかまれてホテルへ連れていかれそうになったが、必死で拒否してなんとか事なきを得たのだ。そもそも、ユウ以外の異性に毛頭興味はない。

でも、実際に、またはそれに近いものを経験した人間の言葉には、真実味が出てくる。

それは空想では補うことのできない領域にあり、その点では、煩わしさしか感じなかったあの俳優にも感謝しなければならないだろう。

迷惑の甲斐《かい》はあって、話を信じたユウは大きなショックを受け、普段は髪に隠れてあまり見えない瞳は動揺に揺れ動いていた。

そして、追撃のように言葉をぶつける。

「撮影で一緒になった俳優さんと付き合うことにしたんだ。彼はユウと違って面白いし、一緒にいて安心するの」

しかし、次の瞬間彼の口からは、予想もしない言葉が発せられた。

「……もしかして、先月腕組んでたかっこいい男の人？」

見られていたのだ。だが、本来であれば絶対に勘違いされたくないが、今回に限ってはこのことが利用できるかもしれない。

「な、なんでそれを知ってるの？」

「……たまたま本屋に行こうとしたとき、男の人と腕組んでるユミの姿が目に入ったんだ。そのときは見間違いかと思ったんだけどね」

「……そうだよ。その人と付き合うことにしたの」

そうだ。この表情が見たかったのだ。優しさだけじゃない、他の感情が。

きっとこの後、ユウは別れたくないと言ってくれるだろう。

ふざけるなと怒るかもしれない。どちらであっても、それは紛れもない彼の本心。

私たちは同じ気持ちだと安心して、この先も二人で生きていける。

浮気したと嘘をついたことは、この後ちゃんと謝らなければ。

だけど、辛そうで、信じられないという顔からはやがて驚きだけが消えて、代わりに何かを悟ったような落ち着きが表層に現れていた。

「分かった。今までありがとう」

「……えっ？　ユウはそれでいいの？　怒ろうと思わないの？」

思わず聞き返してしまった。怒りも引き止めもせず、彼は別れを甘んじて受け入れようとしているのだ。

いったいどうして？

その疑問の答えは、どれだけ思考を巡らせても手に入ることはなかった。

もしかしたら、私に気を遣って怒りを収めているのかも。

そうだとしたら、私を想うゆえに、本心を押し殺しているのか。優しさ以外の気持ちだけでも持ってくれているのか。

せめてそれだけでも確認せずにはいられなかった。

「俺の魅力が足りなかったんだ、怒ることなんてないよ。安心して、このことは誰にも言わないから。それじゃあ、お幸せに」

嘘を信じているのに、非難すらされない。

ずっと一緒にいたはずなのに、今では彼の心が一ミリも分からない。

別れようと思って話をしたわけではないのに、気付けば私たちの関係は引き返せないところまで来ていた。

なんで？

私の顔は、彼にはどう映っているのだろう。

疑問は何も解決しないまま、ユウは最後に寂しそうに笑うと、傘を私に渡し、一人雨に打たれながら去っていった。

今思えば、この時から私は現実逃避しようとしていたんじゃないだろうか。

こうして、私たちの恋人関係はあっけなく壊れてしまったのだ。

でも、それですべてを終わりにしようとは到底思わなかった。

ユウはきっと、自分の気持ちを出すのが苦手になっているだけ。

私たちの絆が、こんなことでなくなるはずがないのだから。私がユウの力になってあげなくては。

みずからの嘘に後悔の念はあったが、いまさらあの日のことをなかったことにはできない。

まず、存在しない恋人と別れたことにするために、一週間を静かに過ごすことにした。

こんなに長い間ユウと会話をしなかったのは初めてで、想像を遥かに超えた寂しさと孤独感に、何度も声をかけそうになる。

でも、ユウも私と同じ気持ちのはず。そう思ったら、なんとか耐えることもできた。

長かった時間も過ぎ去り、覚悟を決めた私は、満を持して教室にいるユウに話しかける。

「おはよ、ユウ。私二日くらい前に彼氏と別れたから、これからはまた今までみたいに話しかけてほしいな」

「……そっか。なら、何か用があるときは遠慮なく声をかけるよ」

やっぱりだ。やっぱりユウは自分の心を見せようとしない。

私が彼氏と別れたと言ったのに、機械のような、なにかの奴隷になっているような反応を見せるだけ。

でも、私も黙って見ているだけではない。またしても良い方法を考えついたのだ。

次の朝、自分の席で眠そうにスマホを眺めているユウに声をかける。

「おはよ、ユウ」

「おはよう、浅川」

彼の私への呼び方は、生まれて初めて他人を感じさせるものへと変化していた。

予想だにしていなかった攻撃に心臓がギュッと締め付けられ、呼吸が一瞬止まる。

しかし、ダメージを受けたくらいで立ち止まっていられない。私は予定通り、作戦を開始する。

「今日も一人で本なんて読んでるの？　そんなんだからモテないんだよ」

彼を罵倒することで、感情を引き出そうとしたのだ。

思惑通り、俯《うつむ》いているユウの顔が微かに曇って、唇を噛《か》んだように見えた。

しかし、次の瞬間には元の穏やかな表情に戻っており、弱々しい笑顔で私に返答する。

「……そうだよね。気をつけるよ」

「…………」

無言で自分の席に戻り、鞄《かばん》を乱暴に置いて座る。苛立《いらだ》ちが抑えられない。

普通、あんなことを言われたら怒るんじゃないの？

なんでそんな優しい顔で受け入れられるの？

あんなのは、大切なつながりを無下にされた人間の、ユウの本当の気持ちじゃない。

私はその日から毎日、ユウと出会うたびに彼を罵倒した。

そうすればいつか、彼にも我慢の限界が来て、笑顔の下に隠れている気持ちを見られると思ったからだ。

晴れの日も雨の日も、年が変わって二年生になっても、私は彼の仮面を剝がそうとし続けた。

そして、ついにその日はやってきた。

夏休みが終わって初めての登校日。

私が教室に着くと、何やら教室はざわざわとしていた。

たとえるなら、転校生が来ると分かった日の朝のようなざわめきだ。

教室に入ると、その原因はすぐに見つかった。

外界との接触を拒むかのように伸ばされていた髪はさっぱりと切られ、陰気そうな雰囲気はなりを潜めている。

初めて会った人間であれば、元々活発であったとすら感じさせるその人物は、ユウだった。

別人のように変わった彼に、クラスメイトが驚くのも無理はない。

一月足らずでこれほどの変化を遂げるというのは、並大抵の努力ではないのだろう。

しかし、ユウはユウなのだ。ダルそうに首を回す癖も、時折髪の毛が気になるのか触る癖も、何も変わっていない。

私にとっては何一つ変わらない彼のままだ。だから、他の人間と違って声をかけるのにも躊躇《ちゅうちょ》はなかった。

「あれ、もしかしてユウ？」

声の主が私だということに気が付いた様子で、こちらへ振り返る。

私を射貫《いぬ》く視線は以前よりも遥かに冷たく、もしかしてと、鼓動が速くなるのを感じた。

「浅川か、何か用？」

「それ、夏休みデビューのつもり？」

ユウの冷静な表情からは、やはり今までのような優しさが感じられず、本当に彼は変わったのかもしれない。

その真偽を確かめるため、私は間髪入れず言葉の刃で斬りかかる。

「めちゃくちゃ面白いね。見た目だけ変わっても意味なんてないのに」

そう、見た目だけが変化しても、ユウが本心で会話してくれなければ意味がないのだ。

しかし——。

「確かに見た目は変わったが、それだけだと勝手に決めつけないでもらえるか？　少なくとも内面が終わってるお前よりはマシな成長をしたと思うよ」

「……え？　ユウ……？」

待ち望んでいた反撃。青天《せいてん》の霹靂《へきれき》のような事態に、きっと私は口を開けて馬鹿みたいな顔をしていただろう。

動くことすら忘れて、ただ次の言葉を待っていた。

「だいたい、なんで俺に関わってくるんだ？　俺たちはもう幼馴染でもなんでもないのに」

「ち、違う！　そんなことない！」

私の知るユウなら絶対に言わない言葉の数々が、あまりに軽快に飛び出してくる。

彼の追撃に返答しようとしても、興奮して言葉が出てこない。

「何が違うんだ？　浮気して、俺のことを裏切ったのに」

「そ、それは……。ただ、私はユウに——」

「もう俺に話しかけないでくれ。俺はお前のことを赤の他人としか思っていない」

その間も、私に向けられる憎悪がこもった言葉は止まらない。

そんな思いをぶつけられる辛さと、ようやく念願叶《かな》った嬉《うれ》しさが渦巻いて、自分がどんな顔をしているのかすら分からない。

そして、絶縁にも取れる彼の言葉を皮切りに、クラスメイトがひそひそと会話を始める。

「み、みんな……違うの……」

そう、違うのだ。私と彼の間にある絆は、この程度で壊れることはないのだから、これは一時の喧嘩《けんか》のようなものなのだから、勘違いしないでほしい。

この時ようやく、私の頬に熱い涙が伝っていることに気付いた。

今の自分では、今のユウではお互いに気持ちの整理ができず、深い会話ができないだろう。離れ難いがここは一度、心を落ち着かせるためにどこかへ行くしかない。

最後にもう一度だけ、大好きな彼の姿を見ると、私は教室を飛び出した。

その晩、私はその日の出来事を思い返していた。

未だに夢のようで実感がわかない、やっと感情を見せてくれたユウの姿を。

これでようやく、私たちの関係は前へと進むことができる。

夏休み前まで毎日のようにユウを揶揄《からか》いに来ていた一年生の女の子とも、ようやくおさらばだ。

今までは甘んじてそれを眺めているだけだったが、これからは違う。

私たちの絆が再び蘇《よみがえ》ったことを知れば、彼女も手を引かざるを得ないだろう。

ただ、一つだけ問題があった。突然感情を出すようになったからか、今のユウにはそれに振り回されているような危うさがある。

事実、怒りに支配されていたから、私に酷《ひど》い言葉を浴びせたのだろう。

感情のままに発せられる言葉は私を傷つけ、図らずも涙してしまったが、もちろん本心では嬉しく思っている。

明日になったら私も冷静に受け答えができるだろうし、正直にすべてを打ち明けることにしよう。

翌日。

昨日の涙で若干腫れた目を気にしつつ、ユウの席に座って彼が到着するのを待っていた。

どうやら、私の身体《からだ》は嬉《うれ》し涙《なみだ》と悲し涙を同等のものだと思っているらしい。

もし、私の目を見た彼が自分のことを責めてしまったらどうしよう。誤解だとしっかり説明しなければ。

この涙は嬉しさから流されたもので、決してユウが本心で会話してくれたことが嫌だったわけではないと。

再び彼が心を閉ざしてしまったら、悔やんでも悔やみきれない。

そうしてしばしの待ち時間を思考に費やすと、何やら楽しそうな表情のユウが教室に入ってくる。それに同調するように軽く右手を上げ、フレンドリーに挨拶をしてみたつもりなのだが、なぜか彼は呆れたような顔で押し黙ってしまった。

どこが悪かったのだろうと原因を探っていると、彼のほうから口を開いてくれた。

「そこは俺の席だ。どいてくれ」

やはり、気持ちの整理ができているのは私だけみたいだ。

しかしそれも納得できる。何年も押し殺してきた感情をようやく発散できるとなれば、余計に尖《とが》ってしまうものだろう。

私はできるだけ優しく、諭すように言葉を紡ぐ。

「ユウ、やっと自分の気持ちを話してくれるようになったんだね。でも、流石に昨日のは冗談キツいよ。私のことを幼馴染だと思ってないだなんて、嘘だって分かってても取り乱しちゃった。それに、昔みたいに私のことはユミって――」

「冗談なわけないだろ」

言い終わる前に乱暴な言葉でさえぎられる。

彼の怒りは収まるどころか増しているようで、その目からはどんどん光が失われていく。予想していた展開から大きく外れてしまったことに焦りを覚える。まずい、なんとか宥《なだ》めなくては。

「ね、ねぇユウ？　いつまでも怒ったフリしないで？　私も今までのことは謝るけど、それはユウのことを――」

「……謝る？　いまさら何を謝るっていうんだ。お前たちがいつも俺を否定するから、俺の心はもうボロボロだ。ぐちゃぐちゃにした紙を広げて元の形に戻しても、一度ついたシワは消えないんだよ」

信じたくないが、その言葉を聞いて私は理解する。

ユウから私に向けられる感情は、すべて怒りと憎しみに支配されてしまっていた。

本当の自分を取り戻すには、私の協力が必要不可欠だったはずなのに、それが分かっていないのだ。

今の彼にとって私は、ただ無意味に自分のことを罵倒し続けてきた最低の浮気女。心臓が、鉄のように冷え切った手でつかまれているようだ。それに同調して、顔の筋肉が強張《こわば》っていく。

「そ、そんな……。私の努力は……私はなんのために……」

言葉を脳内でこねくり回すこともできず、後悔の念が心から直接垂れ流される。

自分のすべてが否定されているような絶望感。だめだ、だめだ。

前を向いて説明しなければならないのに、ユウの顔を直視できない。息ができなくなる前に、感情に支配される前に私は教室を飛び出していた。

そこからのことはよく覚えていないが、気が付くと私は自室のベッドに倒れ込んでいて、窓の外から光が差し込まないことで夜だと分かった。

ユウから完全に拒絶されてしまったという、受け入れ難《がた》い事実に心が折れそうになる。

私は二人の未来のために今まで努力してきたのに。

それなのに、共に過ごせたはずの日々を犠牲にして得られた結果がこれだ。

……諦められるわけがない。

私がしたことは間違っていたのだろうか。

思えばあの日、告白をしなかったことは、自分の気持ちを隠していることになるのではないか？

そうであったとしても、どれだけ泣いたところで、嘆いたところで過去は変わらない。

今は、ユウにすべてを伝える方法を考えなければ。

嫌っていたから別れたのではない、嫌っていたから酷い言葉を浴びせ続けたわけではないと。どうにかしてそれを伝えなければ。

そんな決意に反して改善策は何も見つからないまま、時間だけが無慈悲に流れていった。

再びあの後輩が教室に来るようになって、吹っ切れた様子のユウと仲睦まじげに会話をしているのを見ると心臓が引き裂かれそうになる。

堂々と校門で、他校の派手な髪色の女の子と話をしていたのも意味が分からない。ユウは心なしか、前よりも柔らかい印象を与えるようになったが、果たして私に対しても同じように接してくれるだろうか。

何もかもが私を置いて過ぎ去ってしまう。

なんであの位置にいるのが私じゃないの？

あの子たちとユウの関係は不明だが、独特の距離感から何かがあったことは読み取れる。

どこからどう見ても、私だけが敗北者だった。

そんな負け犬のような私にも、ついにチャンスが巡ってくる。

進展のない毎日に嫌気がさした私は、普段よりも少し早く登校してみることにした。

なんでも、人間は起きてから二時間が最も頭の回転する時間らしい。

生徒が少ない時間帯であれば、ゆっくり考え事をしながら学校に向かえると考えたのだ。

そう息巻いていたものの、やはりというか何というか革新的なアイデアは生まれず、とうとう学校にたどり着く。

軽く落ち込みながら校舎へ入ったとき、焦りと怒りが入り交じったような声が聞こえた。

「黒咲、怪我はないか⁉」

聞き間違えるはずがない、ユウの声だ。

私は見つからないよう、咄嗟《とっさ》に下駄箱の陰に隠れる。

そっと覗《のぞ》き込《こ》むと、彼が向かう先にいたのは、いつもユウに馴《な》れ馴《な》れしくしている一年生の女子だった。

彼女の下駄箱には大量の画鋲がばら撒かれていたが、心配させないようにか、笑顔で受け答えをしている。

大事には至っていないようだが、ユウは彼女のことを心配して教室まで送っていくようだ。こちらへ向くことのない強い想いを目にし、思わず黒い感情が湧き出てくるのを感じる。

だが、昂《たかぶ》る気持ちをなんとか抑え、二人が去った場所で思考を巡らせる。

なぜ彼女がいじめられている?

詳しい性格までは分からないが、少なくともいじめられるような要素のある子には見えない。

ルックスの良さから恨みを買うことはあるかもしれないが、友達も多そうなので、女子から攻撃されたわけではないと思う。

スクールカースト上位の人間に歯向かう女子なんて、そうそういない。

男子についても、特別邪険に扱われでもしない限り、一人の女の子に恨みを抱くとは考えにくいだろう。

ユウが仲良くしているのだ、そういう子だとは思えない。

そう仮定すると、消去法で考えて、犯人は後輩の子にではなく、ユウに恨みを抱いている人間という可能性のほうが高い?

それで実際にユウに嫌がらせをしてみたものの、思いのほかダメージを受けていなかったので作戦を変更したのかもしれない。

確かにメンタルが強い相手なら、本人に何かをするよりも近しい人間に危害を加えるほうがダメージは大きい。

しかし自分の下駄箱を確認してみても、何一つ昨日と変わりはない。

夏休み前なら私も同じような嫌がらせを受けたのだろうか。でも、それならもっと早く行動に移している気がする。

今でこそ、犯人を私だと思わせられるが、ユウがあんなに変わるだなんて誰にも予想できるはずがない。

だから、犯人の目的はそこにはない。

なんで夏休み明け、それも私が拒絶された今――。

違う、私が拒絶されたから行動を始めたんだ。

モデルという仕事もあって、私は大勢の生徒から憧れの眼差しを受けている。

中には私のことを、まるで神様みたいに扱ってくる人まで存在しているのだ。

もし私が泣いてる姿を見て、復讐のために画鋲をばら撒いたのだとしたら？

教室へ向かう足取りは自然と速くなっていく。そして目的地に近づく頃、室内からは先ほどと同じようにユウの大きな声が聞こえた。

予期していた事態が現実になってしまったことに頭を抱える。

どうしよう、もしかしたらユウには私が犯人だと思われているかもしれない。

しかし、このまま歩みを止めてしまえば周りの生徒の目にすら怪しく映ってしまうだろう。

進むしかない。できるだけ平静を装って、静かに教室に足を踏み入れる。

目の前には背を向けたユウの姿。そして、彼の視線の先は墨汁で水浸しになっていた。

私の気持ちを代弁したつもりなのだろうか。

犯人のおかげで、変わらず向こうを見ている想い人に、私が指示したと思われる可能性は高い。

恐怖で呼吸が浅くなっていたのか、ユウがこちらへ振り返る。

久方ぶりに目と目が合う。しかし、私は彼の顔を直視することができなかった。

犯人だと思われていたら、今の私に無実を証明する術はないかもしれない。

そう思うと視線を外すことしかできず、そのまま自分の席へと歩いていく。

腰を下ろしてもまったく落ち着かない。私は何もしていないと弁解しなければならないのに、信じてもらえなかったらと思うと顔を上げることができず、視線だけがふわふわ彷徨《さまよ》ってしまう。

しかし、そんな私に興味がないのか、ユウからは何も言われないまま、平穏に一日が過ぎ去ろうとしていた。

晴れない気持ちのまま帰宅するとラフな服装に着替えて、どうすれば私の無実を彼に信じてもらえるのかを考えていた。

事態は一刻を争う。

やはり、次なる犯行が起こる前に先立って彼に話をするべきだ。

チャンスは今しかないと決意した私は、切れかけのゴムで髪をまとめ、急いで家を飛び出す。

二人の家の距離は一駅しか離れていないので、走れば十分ほどで会いにいくことができる。

日頃ランニングをしているから、特に疲れることもなくユウの家に到着する。

少しの間インターホンの前で不安と戦っていたが、それを振り払ってボタンを押す。

呼び出し音が二回、あたりに響く。

しかし、応答がないどころか、家のどこにも明かりはついていなかった。

今日のユウを見るに、よっぽどのことがなければ直帰しているはずだ。

つまり家にいないのは、その〝よっぽどのこと〟が起こるからだろう。

この状況で思い当たるのは一つだけ、ユウは犯人を捕まえようとしているのだ。

私は再び走りだすと、全速力で駅へ向かった。

やっとのことで学校に到着したが、時計の針はもうすぐ八時を指すところだ。

街灯はあるものの、あたりは不気味なほど暗い。

自分を捕捉する者などいないはずだが、ゆっくりと、一年生の下駄箱から一番遠い入り口を選び、校舎に忍び込む。

陰に隠れて校舎の外を注意深く見つめていると、十分ほど経って、誰かがこそこそと侵入してくるのを発見した。

あれは同じクラスの真壁君だ。ほとんど会話したことはないが、噂《うわさ》では私の大ファンらしい。

モデルとしてはとてもありがたいが、それと勝手な嫌がらせをすることは話が違う。

真壁君が犯行に及んだとき、我慢ならずに私は呼び止める。

「真壁君、やめなさい！」

驚く彼の後方からは、犯行を止めようとしていたのであろうユウが現れた。

そして、そこからの会話は、到底聞いていられるものではなかった。

あまりに幼稚な真壁君の言い分を、ユウは歯牙にも掛けないで軽くあしらう。

流石に可能性がないと気が付いたのか、今度は私のほうへ向き直り、みっともなく縋《すが》り付《つ》いてくる。

「あ、浅川さんも何か言ってよ！　俺はあなたのために、あなたが心から笑えるように――」

「何を言ってるの？　誰がいつ真壁君に頼んだって言うの？　私の気持ちを勝手に推測し

て、他人を傷つけることでそれを満たそうとするなんて、自分のエゴを押し付けるのもいい加減に……っ⁉」

言葉を聞き終えるまでもなく切り捨てようとしたが、それを言い終える寸前、真壁君に向けていたはずの言葉が突然向きを変えて自分に突き刺さってきた。

そのナイフは、瞬間のうちに過去へ遡っていく。

ユウが自分の気持ちを隠していると勝手に推測して、本心を確かめるために嘘の別れ話を切り出して。

彼を傷つけることで私自身を救おうとするのは、真壁君と同じではないだろうか？

しかし、すべてを理解してしまう前に自分を取り戻すと、強気に言葉を続ける。

「と、とにかく、私はあなたに何も頼んでいないし、そもそも視界にすら入ってないの。被害者面しないで、諦めて罰を受け入れなさい」

気が付くと真壁君は情けなく逃げ出していて、下駄箱に残っているのは私たち二人だけだった。

「……これでもう、嫌がらせは止むんじゃないかな」

「……そうだな」

久しぶりに、ユウと二人きりで会話ができている。

そこには怒りも憎しみもなく、涼しい夜風が頬をくすぐっていた。

「ごめん。俺は浅川が犯人なんじゃないかと思っていた」

「……うん。そう思われても仕方ないと思う」

きっと私が同じ立場でも、同じような推理をすると思う。

だから、彼は何も悪くない。

「勘違いしていてごめん」

心で対話しているような安心感。

待ち望んでいた時間を。やっと、私はこの瞬間を手に入れたのだ。

本当なら、ただこの瞬間を味わっていたかったが、私の思考は徐々に真実に侵食されていく。

もう少しですべてに納得できる。もう一度整理するために、今までの出来事と、さっきの言葉を思い出す。

私が真壁君に言い放った言葉は、そのことごとくが過去の自分へと当てはまるものだった。

ユウが心を見せてくれない理由を聞こうともせず、勝手に推測し、彼を傷つけることで自分の欲望を満たそうとした。

その結果、彼の心には「信じていた人間に裏切られ、捨てられた」という消えない傷だけが残り、さらに、日々私がその傷口を広げようとしていたのだ。

見当違いな憶測を他人に押し付けることがどれだけ迷惑か、真壁君を見て、実際に体験して心から理解できる。

結論に到達するまで、十数秒の無言の時間が流れるが、ユウは何も言わずに待っていてくれた。

根拠はないが、今なら話をすることができると、この静寂が告げているようだった。

散々彼の心を壊してきて、いまさら許してもらえるはずがない。

こうやって二人で話す機会も、これが最後だろう。

だから、せめて真実と謝罪の気持ちだけでも、彼の心に届かせなければならないと思った。

「……勘違いはもう一つあるんだ。私が浮気したっていうのは――嘘、だったの」

4

夏から熱を奪っていくような、涼しげで凛とした声が心臓から全身へ染み込んでいく。

それは俺の頭のもやをも消し去っていき、もうすぐ命を終えるであろう蝉《せみ》の叫びさえ耳には入らなかった。

口の中が乾いて仕方がない。怒り、後悔。それだけではない、いろいろな感情が絶え間なく渦巻いていく。

俺に本心を言わせるために、好きな人ができたと嘘を吐いたのか？

俺に本心を言わせるために、あんなにも長い時間俺を罵倒してきたのか？

確かに今の俺から見れば、過去の自分は優しさと従順を履き違えていた。

人の言うことを味わいもせず、吐き出しもせず、ただ飲み込むことだけが優しさだと思っていた。

それが間違っていると気付けたのは、ほんの最近のことだ。

過去の自分の態度が浅川を苦しめてしまい、その結果が今に繋《つな》がっている。

これでようやく理解ができた。別れた直後や、夏休み後の彼女の言動も、何もかも。


そんなのありかよ。


「……ひと言言ってくれれば」

それは本心から出た言葉だった。過去の俺からの叫びだった。

俺があのとき気付いていなかったことに、彼女はたどり着いていたのに。それをたったひと言言ってくれるだけで、俺たちの関係は今とは大きく変わっていたかもしれないのに。

「本当にごめんなさい。幼馴染で彼女だったから。ずっと一緒にいたから、ユウの全部を分かっていると思い込んでいたの」

自分の罪を完全に理解したかのように、俺の考えていることを手にとるように理解しているかのように浅川は謝罪をする。

決して消えることのないように思えた、手の届かない未来への憧憬と、喪失感。

しかしその謝罪は、俺の負の感情を浄化するには十分なものだった。

相手との関係が崩れるのが怖くて本心を言うことができない。己の中の常識を過信してしまう。

そのどちらもが、自分が認め、許してきた過ちだったからだ。

誰もが同じように、間違いを犯す。すれ違いからでも、思い込みからでも、妄信からでも。

そのことを理解して、受け入れられたなら、人は再び前に進める。

ただ、浅川には一つだけ問題があった。

思えば黒咲とルリちゃんのしてきたことは、彼女のそれと比べると生優しいものだった。

傷ついていない心であれば、二人の攻撃は修復可能な傷で済んだはずだ。

しかし、浅川の浮気にもとれる行動。これだけは、たとえ嘘であったとしても、どうしても見過ごすことができない。

彼女への恨みが消えたとて、傷が消えるわけではないのだから。

たとえ俺を想ったがゆえの嘘であったとしても、それでもだ。

俯き、一度深く呼吸をすると、返事を待つ浅川を再び真っ直ぐにとらえる。

「……俺も優しさの意味を履き違えていた。奴隷のようにすべてを受け入れるだけが優しさじゃなかったんだ。ときには相手のことを思って、正しい道に引き戻そうとぶつかるのが本当の優しさだった。浅川の行動にも、その気持ちがあったはずだ。でも――」

「私の行動は、なんの罰もなく許されることじゃない」

俺がすべてを言い終える前に、浅川がそれを引き継ぐ。やはり、彼女は理解しているのだ。俺が次に何を言おうとしているのか。過去の自分との完全なる決別。

それを完遂するためには、この関係を終わらせる必要があることを。

だから――。

「だから、俺たちはもう、幼馴染じゃない」

風が止む。前回とは違い、彼女は真っ直ぐに、別離の言葉を受け止める。

怒りも憎しみも疑問もなく、ただ満足げな微笑。

「……うん。ごめんね」

一粒。たった一粒の涙が、彼女の目尻から零《こぼ》れ落《お》ちる。

ゆっくりと頬を伝い、顎で助走をつけ、地面に向かって昇っていく。

やがて終焉《しゅうえん》にたどり着いた想いは、薄くシミを残して消えてしまった。

何もかもが終わったかのようだった。

だが、俺の言葉はまだ終わってはいない。

「俺たちは幼馴染じゃなくなった。……これからは、共に学校生活を送るただのクラスメイトだ」

その瞬間、彼女の髪をキツく縛っていたゴムが切れ、夜の星空が引き伸ばされた。

永遠のように思えた凪《なぎ》が終わったのだと、綺麗《きれい》に揺れる髪を見て気付いた。

その言葉の真意を理解した浅川の顔は波に揺れ、堰《せ》き止《と》めていた悲しみが、喜びと融合して感情の枷《かせ》を決壊させる。

もう、元の関係に戻ることはできないのだ。

雪のように冷たい雨の記憶はなくならない。

別れの瞬間を忘れることはできない。彼女のしたことは許されることではないのだから。

でも、それでも俺は許そうと決めた。

同情でも憐《あわ》れみでもない。

ただ、俺に自分を変えるきっかけがあったように、彼女が変わるためのきっかけはきっと、今この瞬間なのだ。

それを否定することは、あのときの自分を否定することになる気がした。

俺たちはもはや幼馴染ではなくなった。

昔のようにお互いに名前で呼び合ったり、家族のように肩を寄せ合って過ごすこともないだろう。

思い出はすべて忘却の彼方へと消え去り、今はただクラスメイトという関係だけが残る。

だけど、同じクラスで学校生活を共にする仲間なのだ。

用があれば会話するだろうし、放課後の教室でたまたま居合わせれば、雑談くらいはするかもしれない。それから先の可能性は無限に広がっている。

人生最大の解放感に支配されていた夏休み中の自分は、今の決断を見てどう思うだろう。

そんなんじゃ甘いと罵るだろうか。それとも、よくやったと褒めてくれるだろうか。

どちらかは分からないが、あの日見ていたアニメの主人公。

彼のように、今の自分は眩《まぶ》しく見えているといいなと、そう思った。

第六章　過去との決別、新しい自分

「あははっ！　流石《さすが》、優太《ゆうた》君。刑事さんみたい！」

「いやまさか、何気なくルリちゃんにメッセージを送った時には、こうなるなんて思ってなかったよ」

「うんうん。それに、浅川さんって子とも仲直りできてよかったね！」

心から祝福してくれているであろうルリちゃんの声が、スマホ越しに聞こえる。

まぁ何というか、彼女はこの件に関わっているわけではないが、一応の報告くらいはしておこうと思って、翌朝に電話をかけてみたのだ。

「ありがとう。そういう感じだって報告しておきたかったんだ。それじゃあまた遊びに行くから。いきなり電話かけてごめんね」

「ううん！　朝から優太君の声が聞けて嬉《うれ》しかったよ〜。あと、お店だけじゃなくてデートもしてね？　それじゃ！」

殺し文句と共に電話が切れる。

それにしても、機械を通してもその可愛《かわい》らしい声は健在で、朝からだいぶ癒《いや》されてしまった。

着信音なり目覚まし音なりにしたらＱＯＬがとてつもなく上がりそうだが、設定した時刻に起きることは困難だろう。

おっと、話し込んでいたらこんな時間だ。

余裕を持って電話をかけたつもりだったんだが。急いで持ち物のチェックをして、玄関に向かう。今日は弁当もきちんと鞄《かばん》に入れた。

「行ってきま～す」

普段と変わらぬ出発をし、普段よりも急いで駅へ向かう。

遅れるわけにはいかない。今日も黒咲《くろさき》が俺を待ってくれているからだ。

駅も近づき、そわそわと左右に揺れる黒髪が目に入る。

俺はバレないように、いつもとは逆の方向から黒咲に近づくと、背後から両肩を軽く叩《たた》いた。

「黒咲、おはよ」

「わぁっ⁉　びっくりしたぁ……。おはようございます、先輩！」

「どうしたんだ？　そんな声を上げて」

「先輩が驚かせたんですよ⁉」

バシバシとこちらを叩いてくる後輩の頭を撫《な》でながら、二人で改札を抜ける。

「あのさ、この間の画鋲《がびょう》の犯人は見つけたから、もう被害はないと思う。巻き込んでごめんな」

俺が撮影した証拠は、浅川が教師へ提出してくれると言っていたので任せることにした。遠くないうち、真壁《まかべ》には処分が下されるだろう。

そのことについて、直接被害を受けた二人にはきちんと謝罪と報告をしなければならない。

「わざわざ犯人を探してくれたんですか⁉　嬉しいです、ありがとうございます！」

「いや、元々は俺のせいだからお礼言わなくていいんだけどな。推理も外れていたし」

「それでも、私のために何かしてくれたのが嬉しいんです。……浅川先輩と仲直りしたのは手放しに喜べないですけどね！」

「……そうか。ありがとう」

場の空気を明るくしようとしてくれている後輩の思いを汲《く》み取《と》り、素直に感謝を受け入れる。

と、そんな空気も束《つか》の間《ま》、黒咲は何やらもじもじと落ち着かない様子で口を開く。

「そ、そういえば先輩。今日の私、いつもと違うところがあるんですよ？」

「右耳に髪をかけてるよな」

「え、気付いてたんですか⁉　いつから⁉」

「ひと眼《め》見たときから。そりゃあ気付くよ」

日頃控えめに隠されている金髪が、幕のように綺麗《きれい》に整えられていて、こんなにも目を引くのだ。

それに気が付かないはずがない。

同じように滅多に露出しない耳も見えており、髪をかけ直す仕草も大人びていて、少し艶《なまめ》かしく見える。率直に言って、とても似合っている。

「ど……どう……ですか？」

「めちゃくちゃ似合ってるよ。髪のかき上げ方が特に」

「……変態」

変なことを言ったつもりはないのだが、じとっと目を細めて変態扱いされてしまった。

そのくせ、黒咲の手は俺の制服の袖をそっとつかんでいる。

本心では喜んでいるのかもしれない。気のせいか。

その後、新作のゲームの話なんかで盛り上がっているうちに、俺たちは学校へと到着した。

下駄《げた》箱で靴を履き替えたあと、再び合流して黒咲を教室まで送り届ける。

「それじゃあ先輩、また放課後に！」

「は～い」

後輩に手を振りかえし、自分の教室へと足を進める。

クラス内は、事件の前のような平穏さを取り戻しており、各々が授業前の貴重な自由時間を少しでも楽しもうと勤《いそ》しんでいる。

その中には、俺の数少ない友人の姿もあった。

「片山《かたやま》、おはよう」

「宮本《みやもと》！　おはよう」

「ちょっと聞いてほしいんだけど、今大丈夫？」

そう言うと、彼は会話の内容を察したのか、自分のいるグループの輪にひと言断り、こちらへ歩いてくる。

メンバーもだいたい理解したのだろう、特に疑問の眼差《まなざ》しなどはなく、落ち着いて二人で話すことができた。

「なぁ～んだ！　てっきり犯人が五十人くらいいたのかと思ったわ！」

「もはや軍隊だろ」

「二人でボコボコにされるのを覚悟しかけたわ！　とにかく、頑張ってくれてありがとな！」

またしても感謝されてしまった。話が暗くならないよう、軽くおちゃらけて場を和ませてくれる片山には感謝するばかりだ。

「こちらこそ、ありがとう」

「気にすんなって言ったろ？　それよりも、今度は下北沢に行かないか？　下北はハンドメイドのアクセサリーが――」

今度遊びに行くときの話で花を咲かせた後、ホームルームが始まった。

肝心の真壁は学校を休んでいるようで、姿はどこにも見当たらない。

自分の悪事が暴かれたことで学校に来るのが怖くなったのだろう。

彼が何か怪しいことをしていたという噂《うわさ》もささやかれており、俺が何もしなくとも、事態が収束していた可能性すらあるのだった。


「先輩！　お昼一緒に食べませんか！」

昼休み。珍しく――といっても、三日にいっぺんくらいの頻度なのだが――黒咲が昼飯に誘いに来た。

「ちょうど来ると思って待ってたよ」

「さっすが先輩！　今日は中庭の気分です」

当然断る理由もないので、二人で中庭へ行って昼食を取ることにした。

中庭には、陽の光を浴びて栄養を摂《と》る生徒のためか、羞恥心に愛が勝る貴重な学生カップルへの配慮か、いくつかのベンチが設置されている。

そのおかげか今日も、夏の暑さに負けないほどの熱量で恋人活動に勤しむカップルの姿をちらほら確認でき、目立たないベンチは軒並み埋まっていたため、校舎近くのそれを確保した。けしからん。

二人並んで腰掛け、弁当のお披露目をする。

黒咲の弁当は母親が作っているだけあって、俺のものと比べると遥《はる》かに彩りがあって美味《おい》しそうだった。

だが、彼女の視線は俺の手元に注がれており、何やら物欲しそうな顔をしている。

「わぁ、今日も先輩のお弁当美味しそうですね」

「そうか？　適当に作ってるから味は微妙だぞ」

「食べてみたいです！　特にそのアスパラのベーコン巻き！」

こいつ、一番の目玉を躊躇《ためら》うことなく指名してきやがった。

しかし、こんなにも目をキラキラさせながら頼まれて断れるやつがいるだろうか。いや、いない。

俺はアスパラとベーコンの両者に別れを告げると、黒咲の小さな口に優しく放り込む。

「はい、あーん」

「あ～ん……。ん！　めちゃくちゃ美味しいです！　先輩に食べさせてもらえてさらに美味！」

「……恥ずかしくないの？」

赤ん坊のようにはしゃぐ姿を見て、思わず頬が緩む。

可愛い後輩に、穏やかな昼の日差し。やっと手に入れたこの平和が、ずっと続けば――。

「宮本君。ちょっといい？」

「……浅川か。どうした？」

和やかなムードに突如参戦しようとしているのは、クラスメイトの浅川だった。

突然のことに少し驚いたが、もはや俺たちの間にわだかまりはない。

何か用があるのだろう、俺は彼女へ問いかけてみた。

「特に用ってほどじゃないんだけど、一緒にお昼どうかなって」

黒髪を優雅に揺らしながら答える彼女の右手には、可愛いピンクの布に包まれた弁当箱があった。

特段用があるわけではないらしい。というか、一緒にお昼を食べる？

確かにクラスメイトだとは言ったが、生徒たちの憧れの存在が、いきなり昼飯はどうかと聞いてくるのは不自然じゃないだろうか。

とはいうものの、断る理由もない。隣の後輩はどう思っているだろう。

「俺は別にいいけど、黒咲はどう？」

「えっ、わ、私ですか？　別に……いいですけど……なんで浅川先輩が……？」

「じゃあ決まり。ありがとう」

浅川は俺の右側に腰を下ろす。これで俺の座るベンチの両脇には、学校でも有数の人気を誇る女子二人が腰を下ろしていることになる。

オセロであれば俺も美少女になれるところだが、残念ながら特に身体《からだ》に変化はない。

少々気まずい空気を感じる俺と黒咲だったが、それを意にも介さずに浅川は弁当箱を開け、綺麗に詰められているおかずに箸を伸ばす。

彼女は自分で弁当を作っているはずだが、俺より断然クオリティが高い。悔しくなんてないぞ。

「あ、浅川先輩は、優太先輩のただのクラスメイトなんですよね？」

「うん、そうだけど」

「じゃ、じゃあなんで突然お昼を食べに来たんですか……？」

なんとも言えないこの空気に耐えられなくなったのか、黒咲が核心をついた質問をぶち込んだ。

やるな、俺にも聞けなかったことを、躊躇いながらも成し遂げるとは。

心の中で彼女に称賛の拍手を送っていると、浅川は当然かのように言い放った。

「なんでって、宮本君とお昼が食べたかったから」

「と、特に先輩と接点はありませんでしたよね⁉」

「強いて言えば、一目惚《ひとめぼ》れかな」

まるで映画の王子様か何かみたいな歯の浮くような台詞《せりふ》なのだが、浅川があまりにもクールに言うものだから、とてもサマになっている。

じゃなくて、何だその理由は……。

「……ま、また……ライバルが……しかも……浅川先輩……ははは……」

左隣では、度重なる負荷についにエネルギーが尽きたのか、黒咲が白目を剥《む》いてぶつぶつと呟《つぶや》いている。

ありがとう、よく頑張ってくれた。ここからは、俺の出番だ。

「ひ、一目惚れなんてするか？　浅川はモデルだから、かっこいい俳優といくらでも知り合いに――」

「確かにそうなんだけどね。夏休み明けの宮本君、すっごく変わっててみんな驚いてたよね。私は人を見た目で判断したくないからそんなに驚かなかったんだけど、あそこまで変わるには相当の努力をしたんだなって。そんな努力ができる人ってなかなかいないから、素敵だなって思ったんだ」

「へ、へぇー……」

アリバイというか、ストーリーまで完璧に構築されている。

俺が言い切る前に、それをまるで予期していた質問かのように返答を始め、長文で反論できないほど押し潰されてしまった。

浅川、将来は女優とか目指したほうがいいんじゃないかな。

こんなにも自然に、あたかも最初からクラスメイト以外の何者でもなかったかのように振る舞えるのは、類稀《まれ》なる演技の才能があるか自在に記憶を消せるかのどちらかだ。

後者の可能性も十分ある。

「浅川……大丈夫か？」

「もちろん大丈夫だよ。そ、それより、そうやって強い気持ちを向けられるとドキドキしちゃうな」

え、彼女はいつの間にそういう性癖の持ち主になったんだ？

若干頬が上気し、恍惚《こうこつ》の表情を浮かべている。

しかし、すぐにいつものクールフェイスを取り戻すと、不自然に話をまとめだす。

「まぁ、今のところはあんまり二人の邪魔をするつもりもないからさ、たまには一緒にお昼でも食べようよ」

「たまにですからね！　先輩は渡しませんよーだ！」

蘇生《そせい》アイテムを口に詰め込まれたのか、いつの間にか回復した黒咲が、シャーッと小動物感溢《あふ》れる威嚇行動をとる。

まぁ、怪しいが危害を加えるつもりはないと思うし、しばらくはこのままでいいだろう。

それよりも、俺は浅川に確認しなければいけないことがあった。

「浅川、例の証拠の件、どうだった？」

「海琳《かいりん》先生に見せたらめちゃくちゃ怒ってたよ。流石に退学とまではいかないけど、もう悪さしようとは思わないんじゃないかな」

「そうか、ありがとう」

やはり最終的な判断は教師に任せるに限る。

大事《おおごと》にしすぎず、甘くもない。ちょうど良《い》い処置を取ってくれることを願っている。

「さて、食べ終わったし私はそろそろ行くね。今日はこれから撮影で出なくちゃいけないから」

そう言うと、浅川はすたすたと荷物を取りに戻ってしまった。

そうは言うものの、本当に昼飯を食べるためだけにわざわざ来たわけではないだろう。

「もしかして、それを伝えるために来てくれたのか？」

「……たぶん、そっちはついでだと思います……て、ていうか先輩は渡しませんからね！」

傷が開いたかのようにぐったりしていたのに、なぜか突然勢いよく声を上げる黒咲の情緒が心配だったから、とりあえず撫でておいた。わぁ、嬉しそうにニヤニヤしてる。

「先輩～！　また明日～！」

放課後、黒咲と駅の近くで別れ、一人考え事をしながら歩いていた。

きっと、人生はたくさんの選択肢で溢れている。

夏休みに努力をしたのも、あのとき黒咲へ振り返ったのも、浅川を許したのも。

おそらくどれもが大切な分岐路で、別の道を選んだ俺の立つ場所はまったく違うものになっているだろう。

もしかしたら、もっと良い選択肢があったかもしれないし、その俺から見る自分は不幸かもしれない。

でも、それでもいい。俺は考えに考え抜いて、納得してすべての分岐路を進んだ。

そこにはなんの後悔もない。たとえ違う世界の俺に不幸だと思われても、胸を張って言える。


俺は前に進めたぞ。


可愛い後輩と、ちょっと小悪魔な推しと、よく分からないクラスメイト。

手放したはずの関係は、より良いものとなって手の中に戻ってきた。

それでいいじゃないか。

空を見上げると、以前にも見たような煌《きら》めく一等星。

それは俺を見つけると小さく瞬《またた》いて、これから歩んでいく道を祝福してくれているようだった。

分岐点Ａ－１「俺が、みずから黒咲《くろさき》の気持ちに気付いていたら」

「……はぁ……はぁ…………せん、ぱい……」

立ち上がろうと足に力をこめるが、もはや動かすことは叶《かな》わない。

だめだ。このままでは、先輩は行ってしまう。

そうすれば、二度とこの想《おも》いを伝える機会は訪れないと、直感で理解してしまう。

だが、立ち上がろうともがく私の耳に届いたのは、予想外の言葉だった。

「黒咲《くろさき》！」

「……え？　せん……ぱい……？」

突然の出来事に理解が追いつかない。

拒絶されているはずの私は、先輩に抱きしめられていた。

これは夢なのだろうか？

しかし、私の身体《からだ》を包み込むあたたかな、力強い感触が、現実だと教えてくれた。

「先輩……なんで？」

「黒咲、本当にごめん。こんな怪我《けが》を負ってまで俺を追いかけてきてくれたんだ。……俺は今まで、黒咲に揶揄《からか》われていたと思ってた」

そうだ。私はそのせいで先輩を傷つけてしまったんだ。

今しかない、謝らなければ。

だが、口を開こうとした私を制止して、先輩は続ける。

「だけど、本心から俺を馬鹿にしていたなら、こんなになってまで何かを伝えようとしてくれないはずだ。聞かせてほしい、それが何かを」

促されるまま、私は先輩の腕に抱かれながら、今の私にできる精一杯を伝えた。

そして、すべてを伝えた後。

先輩は私を許してくれ、再び世界が色付くこととなった。


「行ってきまーす！」

台所に立つ母親に出発を告げ、かけ足で家を出る。

もう膝に貼っていた絆創膏《ばんそうこう》も取れ、万全な状態で走ることができた。

なぜ私がこんなにも急いでいるかというと、それには理由がある。

「……お、黒咲！　おはよう」

「先輩！　おはようございます！　今日も私より早いんですね⁉」

「そりゃそうだ。可愛《かわい》い後輩を待たせておけないしな」

「か、かわっ⁉　あ、ありがとうございます……」

先輩の到着を探すのが密《ひそ》かな楽しみだったのだが、今日も先を越されてしまった。

あの日以来、先輩は以前よりもさらに、私を大切に扱ってくれるようになった。

今もさらっと可愛いなんて言ってくれたし、ついに先輩のデレ期が来たのだ。嬉《うれ》しい。

だが、デレ先輩はこれだけではない。


昼休み。

いつものように先輩の教室へ向かうと、彼と話す男子生徒が目に入った。

その男子は私を見ると、揶揄うように優太《ゆうた》先輩に話しかける。

「宮本《みやもと》、後輩ちゃんが来たぞ～！」

「見てくれ片山《かたやま》、今日も黒咲はとびきり可愛いだろ？」

「ちょっと先輩！　恥ずかしいです！」

到着早々の褒め攻撃に、自分の顔が真っ赤になっているのを感じる。

褒めてくれるのは嬉しいけど、友達にまで自慢されるのはさすがに恥ずかしい。

「じゃ、俺は邪魔しないように行くな」

「ありがとう。黒咲、こっちおいで」

「……行きます」

恥ずかしくて先輩の顔も見られないが、彼の隣に座る。

「……バカップルだと思われますよ？」

「別にいいじゃないか。こんなに可愛い後輩とならば勘違いされても本望だな」

「先輩、大胆になりましたよね」

「これが大人になるってことなんだよ。たぶん」

というか、私と付き合ってると思われても良いってことだよね？

平静を装っているけど、その言葉だけで飛び上がりそうなほど嬉しい。

……つまり、そういうことだよね？

こうして、今日も私は幸せなお昼休みを過ごした。

時折、なぜか浅川《あさかわ》先輩がものすごい形相でこちらを睨《にら》んでいる気がするけど、気にしないでおこう。


学校が終われば、先輩とのデートの時間が待っている。

彼が同じようにとらえてくれているかは分からないが、そんなことは些細《ささい》な問題だ。

なんてったって、アピールのチャンスはいくらでもあるんだから。

「今日は映画でも観《み》ないか？　ほら、新作のアクション映画があっただろ」

「私もそのつもりでした！　そして、ここには二枚のチケットがあります。えっへん」

「天才的だが、俺の思考が筒抜けみたいで悔しいな」

割と筒抜けな気もする。

「というわけで、ポップコーンもコーラも買ったし、早速座席へ向かいましょう！」

「……誰に話しかけてるんだ？」

先輩のツッコミはスルーして、劇場へと向かう。

ここで、今回の作戦を思い返す。

まず、今回の映画はアクション作品だけど、それだけではない。

Ｂ級映画だとは思えないほどの、実はとんでもない感動ラブロマンス映画なのだ。

ネタバレを見たせいで私の新鮮な気持ちが犠牲になってしまったが、それは仕方ない。

そして映画の後半、主人公がヒロインと感動的な再会を果たしたところこそが最大のチャンス。

自然な流れで先輩と手を繋《つな》げば、普段は余裕そうな先輩もきっとドキドキするはず。

「すごい……ふふ……」

「……大丈夫？」

あまりの完璧さに、思わず洩《も》れてしまった笑みに心配されてしまったが、構っていられない。

映画は当然の如《ごと》くスタートする。

目の前では主人公がバッタバッタと敵をなぎ倒しているが、当の私は緊張してまったく集中することができない。

手を繋ぐタイミングを今か今かと待ち構えている状態だ。

それに対し、横目で先輩を見てみると、目を輝かせてスクリーンを見つめている。

楽しんでいられるのも今のうちですよ！

そんな地獄のような時間も過ぎ、ついに主人公がヒロインと再会。

二人はお互いに向けて走りだしていく。

――今だ！

私はゆっくりと、隣の座席のほうへ手を伸ばす。

しかし、何ということだろう。

もうすぐ先輩の手へと到達するというところで、主人公とヒロインは濃厚な口付けを交わし始めてしまった。

もちろん、彼らは恋人同士なのだから、別におかしなことではない。

しかし、こんな熱々なところを見せつけられてしまうと、先輩の手を握るに握れ――。

「……⁉」

手を引っ込めようとしたそのとき、先輩が私の手をぐっと握る。

突然の出来事への驚きと胸のときめきで、座っている身体が飛び上がる。

続けて指が絡められ、恋人繋ぎが完成した。

まさか、先輩は分かっていたのだろうか。

それとも、私と同じように作戦を立てていたのだろうか？

真相は定かではないが、握られている手はとても温かく、映画の内容なんか覚えてなくっても、幸せな気分でいっぱいだ。

そのまま映画は終わり、劇場内に明かりが灯《とも》る。

鏡を見なくても分かる。おそらく私の顔の温度は、過去最高に高い。

それを悟られないよう顔を背けていると、先輩が声をかけてくる。

「めちゃくちゃ面白かったな。黒咲、一メートルくらい飛んでたんじゃないか？」

「……ぶっ飛ばしますよ？」

しかし、その手は優しく繋がれたままで。

私は、こんなふうに甘やかされる日々も幸せだなと、そう思った。

分岐点B－1「私が、キャラクターを演じずに優太《ゆうた》君と向き合えていたら」

「優太《ゆうた》君、今日もお店に来てくれてありがとう！」

「ううん。会えて嬉《うれ》しいよ」

彼女に捨てられて、後輩にも裏切られて。

ボロボロの心を抱えた俺が向かったのは、メイドカフェだった。

もちろん、ほんの出来心というやつだ。

通うつもりはないし、特にメイドさんに期待もしていない。

ただ、あのときの俺には人の温《ぬく》もりが必要で、それが金で買った偽りのものであったとしても、それでよかった。


一年が経《た》ち、仮の住処《すみか》だと思っていたこの店は、いつしかかけがえのない居場所になっていた。

凍りついていた俺の心を優しく溶かしてくれたのは、推しのメイドであるルリちゃんだ。

彼女は他の人間と違って俺を罵倒せず、突然裏切ることもない。

俺が髪を切ったとき、幼馴染《おさななじみ》はそれを笑ったが、ルリちゃんは煌《きら》めくような笑顔で、言葉を尽くして褒めてくれた。

ルリちゃんは俺の心の支えだ。

自然と店に通う頻度が高まり、今では週の半分をメイドカフェに費やしている。

そして今日もまた、俺のことを包み込むように出迎えてくれる天使を目にし、心が安らぐ。

「今日のメニューはどうする？　にゃんにゃんパフェも良《い》いけど、やっぱり私はチェキ撮りたいな～」

「じゃあチェキ撮ろうか。あとはドリンク入れようかな」

「ありがとう！　ドリンク入れてくるね！」

そう言って彼女はカウンターの裏へ回る。

ルリちゃんの魅力は、何といってもその笑顔と素直な感性だ。

どんな話をしても雑な返事をすることはなく、面白いときは太陽のような満面の笑みで、悲しいときは慰めながら話を聞いてくれる。

そんな癒《いや》しの塊のような彼女が、なぜ人気がないかは理解できないが、少なくとも俺からすれば世界で一番魅力的な女の子だった。

「ただいま！　待たせてごめんね？」

「大丈夫、ドリンク作ってる姿もすごく可愛《かわい》かった」

「えへへ、そうやって言ってくれて嬉しい！」

口をにまにまさせて喜ぶ姿は一層可憐《かれん》で、心臓が強く波打っているのを感じる。

「じゃあ、そんな優太君にご褒美をあげようかな」

「なに？」

テーブルの下、足に柔らかい感触。

ルリちゃんは悪戯《いたずら》な笑みを浮かべながら、俺の太ももをぽんぽんと二回叩《たた》く。

どぎまぎしながらも左手を下へ持っていくと、すぐにひんやりとした手が俺を捕まえる。

陶器のようにすべすべで、まるで違う生き物のそれのようだった。

「みんなには秘密だよ？」

「……もちろん」

ルリちゃんは周りの人間の隙をうかがっては、俺にスキンシップを仕掛けてくるのだ。

こちらとしてはとても嬉しいが、心臓が持ちそうにない。

しかし、この背徳的な関係は癖になってしまいそうな魔力を秘めていて、いつも内心では期待してしまっていた。

「じゃあ、そろそろチェキ撮ろっか」

「そうだね」

冷たい雪のような気持ちよさが離れてしまうのは名残惜しいが、チェキも撮りたかったので甘んじて受け入れることにする。

俺たちは席を立つと店内の隅に移動し、撮影してくれるメイドさんが来るのを待つ。

「二人とも、お待たせ〜」

「リコちゃん、ありがとう！」

「こんにちは」

小走りでこちらへ向かってきてくれたのは、この店でも上位の人気を誇るメイドさんのリコちゃんだ。

最近入店したばかりだというのに、そのサバサバとした雰囲気と含蓄ある言葉で一躍人気をさらっている。

さらに、ルリちゃんの話では二人は同じ学校に通っていて、とても仲が良いらしい。

それにしても……と、二人をまじまじと見つめて考える。

茶髪のショートカットで中性的な顔立ち。

どちらかというとボーイッシュな面が目立つリコちゃんと、沖縄の海のように透き通った青く長い髪で、大きな垂れ目が印象的な、まさにキラキラした今風の女の子という感じのルリちゃん。

この二人が仲良くなるビジョンというのが全然想像できない。

もしかしたら、夕陽《ゆうひ》を背に殴り合うようなイベントを経た後に友情が芽生えたのかもしれない。

「ぼーっとしてどうしたの？　二人とも、撮るから並んでね」

「はーい！」

「あ、はい！」

その言葉に我に返った俺は、ルリちゃんと隣同士に並んだ。

「今日のポーズはどうしよっか？」

「うーん、この間はうさぎをやったから……」

「あ、なら私にいいアイデアがあるよ！　真《ま》っ直《す》ぐリコちゃんのほうを向いて？」

「えっと……こう？」

「そう！　そのまま前を向き続けててね！」

どんなポーズなのだろう。俺はとりあえず、彼女に言われるがままに正面を向いた。

「じゃあ撮るね～！」

リコちゃんが合図をし、チェキ機に手をかける。

ポーズの意図が未《いま》だにつかめない俺は、横目でルリちゃんを見ていると、彼女は右手で髪を耳にかけながら、こちらへ近づいてくる。

近くないか⁉

彼女はどんどん距離を縮め、それはやがてゼロに――。

「ひやっ⁉」

シャッターの音、フラッシュと同時に耳に柔らかい感触、柔らかい唇がはむはむと動いていた。

「ふふふ……ひやっだって、可愛い！」

「心臓止まるかと思ったよ⁉」

危うく彼女を殺人犯にしてしまうところだった、本当に危ない。

驚きと興奮で、俺の耳は茹《ゆ》で蛸《だこ》なんて目じゃないくらいに真っ赤に染まっているだろう。

というか、ルリちゃんは楽しそうに笑っているが、リコちゃんに怒られるんじゃ……。

「まったく……ルリ、バレないようにするんだよ？」

「はーい！」

メイドカフェは原則、お客さんとの過度なスキンシップとか恋愛とか、そういう類のことは禁止なのだが、なぜかほぼお咎《とが》めなしだった。

本来なら抱いてはいけない感情。

隠しているつもりの淡い恋心が、今の行動によって殻を破って出てこようとしている。

どうにかして耐えなければ。しかし、こんなことをされてしまっては、どうしても期待してしまう。

「優太君、今日も楽しいね！」

「……うん。ありがとう、ルリちゃん」

「どういたしまして！」

彼女の真意は分からない。

俺に好意を抱いてくれているのか、揶揄《からか》っているだけなのか。

どちらであったとしても俺は、癒しと小悪魔を両立させたルリちゃんには勝てないだろう。

「あのさ、優太君」

なんだろう、妙に緊張した様子でルリちゃんがこちらを見つめている。

両手でメイド服の裾を押さえて、大切な勝負に挑む直前のような力の入りようだ。

「これ、私の連絡先——」

分岐点C－1「私が、ちゃんとユウに告白していたら」

肌を刺すような冷たい風に負けないよう、身体《からだ》を寄せて笑い合うカップルたち。

イルミネーションの青い光は、後一月もすれば今年が終わってしまうことの寂しさを忘れさせてくれる。

いつにも増して賑《にぎ》わう町を見ながら、俺は両手を擦《こす》り合わせて、白い息を昇らせていた。

「ごめんユウ、お待たせ！」

予定時間を十分ほど過ぎた頃、背中のあたりまである、真っ直《ま》ぐ《す》で美しい黒髪を靡《なび》かせながら、ようやく待ち合わせ相手が到着した。

「ユミ、遅いよ」

「ごめんね、服選びに手間取っちゃって」

焦茶色で薄手のニットに黒いスキニーパンツ、ライダースのジャケットを羽織るように着ており、ヒールブーツを履いていることで身長は男性の平均身長を悠々と超え、贔屓目《ひいきめ》に見ずともモデルだと分かってしまう。

ニットと似たトーンのアイシャドウ、リップが用いられたメイクは全体にさらに統一感を与え、もはや彼女は一つの芸術作品のようだ。

しかし、走ってきたせいで頬が上気し、赤みがかっているという一点で、ユミを人間だと判断できる。

「ま、いいか。行こう」

「うん、ありがとう」

こんなに綺麗《きれい》な姿を見てしまっては、誰だって怒るに怒れなくなるというものだろう。

軽い注意もほどほどに左手を差し出すと、躊躇《ちゅうちょ》する様子もなく彼女は手を握る。

細く美しい手は、握れば今にも壊れてしまいそうだったが、人の温《ぬく》もりを伝えるには十分な暖かさがあった。

「今日のユミもすごく綺麗だね」

「ほんと？ 嬉《うれ》しいな。ユウも惚《ほ》れ直すくらいかっこいいよ。この間買ったコート、私の見立て通りよく似合ってる」

この会話から分かると思うが、実は俺たちは恋人同士なのだ。

こんな美人と俺との接点などないように思えるが、二人は幼馴染《おさななじみ》で、人生の大半を共に過ごしてきた。

最初は兄妹《きょうだい》のような関係だったが、俺の両親が死んで、辛《つら》い時期に寄り添ってくれたユミに対して、いつしか心の中には恋心が芽生えていた。

それはユミも同じだったようで、高校生に上がる頃、彼女からの告白を受ける形で二人は晴れて恋人同士になったのだ。

　俺が優しさというものを見失っていたときも、彼女が心を尽くして自分の目を覚まさせてくれたおかげで、今も俺は道を踏み外すことなく毎日を幸せに過ごせている。

　そして俺たちは今日、以前から楽しみにしていたイルミネーションデートに来ているのだ。

「駅から会場までイルミネーションが続いてるんだね。びっくり」

「確かに、俺たちの地元じゃこんな大掛かりな仕掛けはないもんなぁ」

「クリスマスでもないのにすごい人だし、それくらい実物が綺麗ってことなのかな」

　他にも会場へ向かう人はたくさんいて、ほとんど列のような状態で歩いている。

　歩道の反対側には見物から帰ってくる人々がいて、皆一様に幸せそうな表情をしていた。

「それにしても寒いな」

「最近一気に冷え込んできたもんね」

「カイロでも持ってくれば良かったかな。失敗したなぁ」

「ん、それなら……」

　ユミは繋《つな》いでいる手を、俺のコートのポケットへと持っていく。

「これであったかいよ」

「……確かに」

手を同じポケットに入れているおかげで、自然と二人の物理的な距離も近くなる。

ジャケット越しではあるが、左腕に当たる彼女の感触を意識してしまい自分の体温が上昇するのを感じた。

「ユウ、顔赤くなってるよ？」

「気のせいだよ……お、イルミネーションが見えてきた」

「……ほんとだ。こんなに大規模に光ってるんだ」

徐々に近づく光を見ながら横断歩道を渡ると、いよいよ会場である公園にたどり着いた。

視界一面に広がる青い光は、そこにいるだけなのに幻想的な気分にさせてくれる。

「すごい……向こうまで青一色だ」

「海の中にいるみたいだな」

公園を少し歩き、人が少ない場所でイルミネーションを見上げる。

普段は大人っぽい印象のしゅっとした目は、今は少女のように見開かれていた。

青い光が整った顔に被《かぶ》さり、ユミはまるで違う世界の人間のようで、手の届かない存在であるかのように強く感じてしまう。

彼女は、俺とここへ来て幸せなのだろうか。

こんなにも美しいのだから、俺なんかよりも遥《はる》かに優れた男からも引《ひ》く手数多《てあまた》だろう。

それこそ、モデルの仕事で一緒になった男なんかからアプローチを受けるはずだ。

それでも俺と一緒にいる意味なんて――。

「あるに決まってる」

一瞬の間があり、驚いてユミのほうを見る。

俺は言葉に出していないはずだが、彼女の言葉は俺の疑問にぴたりと返答していた。

「……なんで分かったんだ？」

「何年一緒にいると思ってるの？　ユウが考えてることなんて手にとるように分かるよ。

私はユウが好きだから一緒にいるの。優しいところも、かっこいいところも、気が使えるところも、一緒にいて落ち着くところも、全部大好きだから一緒にいたいの」

目を細めて優しく微笑《ほほえ》む彼女の姿に気付かされる。

そうか、俺が彼女を選んだように、彼女も俺を選んでくれたのだ。

数ある選択肢の果てに、今がある。

この世界でユミを幸せにできるのは、きっと俺だけなのだ。

「……俺も、ユミと一緒にいれて幸せだよ」

「私も。いつだって私は、ユウのことを一番に考えてるんだから」

ふふ、と気分が良さそうに、繋いでいる手に力が込められる。

それに負けないよう、俺も同じように想《おも》いを込める。

「あ、雪だ……」

「本当だ……綺麗……」

まるでドラマみたいなタイミング。

しかし、本来であれば釘付《くぎづ》けになるはずの雪を見ていたのは一瞬で、俺の視線は隣に注がれていた。

白い雪が、彼女の黒い髪の艶《つや》やかさを際立たせる。

儚《はかな》げに揺れる瞳は、何を思っているのだろう。

もしも違う世界があったとして、違う未来があったとして。

そこでは俺はユミとこうして笑い合っていないかもしれない。

それどころか、二人はもはや関わりのない他人になっているのかも。

なら、せめてこの世界でだけは、俺は彼女のことを幸せにしたい。

自分の一番の理解者を、同じように分かってあげたい。

嗚呼《ああ》、どうか。この幸せが永遠に続きますように。

あとがき

はじめまして、歩《ある》く魚《さかな》です。本書をお読みいただきありがとうございます。「小説家になろう」での連載版よりお読みいただいている方、書籍版からの方、どちらの方にも楽しんでいただければ幸いです。

初めて物語として文章を書いてから約一年。このあとがきに至るまで、数多くの経験をさせていただきました。お声がけいただいた講談社ラノベ文庫様、編集の森田《もりた》様、そしてイラストを担当してくださったいがやん様、本当にありがとうございました。

以下、各ヒロインへの自分なりのイメージや感想について。浅川《あさかわ》は、何も決めていなかった書き始めからラスボスのイメージでした。その分優太《ゆうた》との溝は深いものでなければならないので、彼と笑顔で接している場面をほとんど書けなかったのが悔いです。身長は好みです。黒咲《くろさき》は、気付いたら全体的に自分の好みで構成されていました。優太と一番に和解し、簡単にコンタクトがとれ、他のヒロインに対して防戦気味に立ち回れるところが動かしやすかったです。後輩っていいよね。ルリは、いがやん様のデザインによって一気に魅力が増したキャラクターだと思います。あそこまで綺麗に青が入っていれば、良い感じに色落ちが楽しめると思います。また色落ちしたら来てください。以上です。ありがとうございました。

講談社ラノベ文庫

いつも馬鹿《ばか》にしてくる美少女《びしょうじょ》たちと絶縁《ぜつえん》したら、実《じつ》は俺《おれ》のことが大好《だいす》きだったようだ。

歩《ある》く魚《さかな》

2022年7月29日第1刷発行

発行者	森田浩章
発行所	株式会社　講談社 〒112-8001 東京都文京区音羽2-12-21
電話	出版　(03)5395-3715 販売　(03)5395-3608 業務　(03)5395-3603
デザイン	おおの蛍(ムシカゴグラフィクス)
本文データ制作	講談社デジタル製作
印刷所	株式会社ＫＰＳプロダクツ
製本所	株式会社フォーネット社

KODANSHA

ISBN978-4-06-528988-4　N.D.C.913　231p　15㎝
定価はカバーに表示してあります

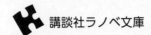